徳間文庫

痛みを殺して

小手鞠るい

徳間書店

目 次

真夏の夜の夢

Midsummer Night's Dream

Tequila

Pineapple Juice

Lime Juice

Grenadine

あなたは今、京都に来ている。

京都駅八条口の近くに立っている、一見なんの変哲もないように見えるホテル。だが、通りを隔てて向かい側に立って、つかのま眺めていると、シンプルなその外観からは、計算され尽くした建築美が立ち現れてくる。五年ほど前に、旧館に併設される格好で増築された新館の最上階の角部屋。飾り窓が、大きく開かれた三面鏡のように設《しつら》えられている。ホテルの従業員たちは、あなたの基準によれば「アットホームだが、決して馴《な》れ馴れしくなく、優しさと冷たさの混じり具合のちょうどいい、完璧なサービス」を提供してくれる。

三十分ほど前に、きょう一日の仕事をすべて抜かりなく終え、あなたはこの部屋に戻ってきた。仕事に必要な物々で膨《ふく》らんだショルダーバッグをベッドの上に投げ出し、オフホワイトの麻のジャケット、その下に着ていたシフォンのノースリーブのワンピース、下着、パンティストッキングなどを毟《むし》り取るようにして脱ぎ捨て、シャワーを浴びてさっぱりした気分になったあと、素肌にバスローブだけを羽織って窓辺のソファーに身を沈め、磨き抜かれた窓の外に広がっている、古い都《みやこ》の夜景を見つめている。

瑠璃《るり》色の夜の闇に浮かぶ無数の露の玉のような、明かりの粒々。流れ星のように尾を引いているのは、車のライトなのだろうか。

あなたは思わずため息をこぼす。

なんて、美しい。相変わらず、いつ来ても、いつ、どこから眺めても、京都には「美しい」という形容詞が、ほかのどの町よりもよく似合う。

久方ぶりに訪れた真夏の京都は、まるで町ごと巨大な蒸し器のなかにすっぽり閉じ込められてしまっているかのように暑く、昼間は通りを歩いているだけで、つま先からも頭のてっぺんからも湯気が吹き出してくるような気がしていたが、こうして、程よく冷房の効いた部屋のなかから眺める町はあくまでも涼やかで、冷ややかな顔をしている。

美しい、とふたたび、そして、なつかしいと、あなたは思う。

京都はあなたにとって文字通り「青春の町」だ。十八歳から二十三歳までの五年あまりを、あなたはこの町で過ごした。甘い初恋も、苦い失恋も、経験した。恋の喜びも、悲しみも、苦しみも、至福も、あますところなく味わった。

なつかしくて近い、せつなくて遠い、遠くて近い記憶のかずかずが、幼くて不格好でぶざまな女の姿が、美しい夜景のなかに浮かんでは沈み、沈んでは浮かぶ。じっと見つめていると、息が苦しくなりそうなほどの、なつかしさだ。圧倒的なせつなさだ。この町には、この光の粒の数だけ、恋の思い出がある。けれど、朝になればこれらのきらめきは、無数の夜露の玉は、跡形もなく消えてしまう、ということも、わかっている。

あなたには、三十代になる直前に結婚した、ふたつ年上の夫とのあいだに、中学二年生の娘と小学五年生の息子がいる。都心から電車で小一時間ほど離れた住宅街に、二階建てのマイホームを所有している。家族四人で暮らすにはじゅうぶんな部屋数。頭金は、夫の両親にその三分の二を援助してもらった。今は同居していないが、ゆくゆくは一緒に暮らすという約束をしている。

あなたは出産を機に、それまで勤めていたデザイン事務所を辞め、三十代の大半は専業主婦として育児と家事に明け暮れていたが、息子が小学校に上がった翌年、昔の仕事仲間の紹介を得て、社会復帰を果たした。陶芸と彫刻の作品を中心にした、美術品の販売を取り扱っている有限会社。堅実な仕事ぶりが経営者の目に留まるところとなり、去年から、会社が運営しているいくつかの画廊の一軒である、銀座のギャラリーの責任者を務めている。

あなたの部下は、五人。

三十代の女性が三人と、経理担当の若い男性がひとりと、搬入搬出時にだけ雇っている熟練アルバイトの青年がひとり。みな優秀で有能で、申し分のないスタッフたちだ。

そのうちのひとりから、自宅に電話がかかってきたのは、ゆうべのことだった。

「突然こんな時間にお電話してしまって、すみません」

金曜の夜。あなたたち家族は、一家団欒《だんらん》の夕飯を食べ終えたあと、思い思いの時間を過ごしていた。娘は自室に引っ込み、息子と夫はリビングルームのテレビの前に陣取って野球中継に熱中、あなたは前庭の花壇に出て、如雨露《じょうろ》を使って丁寧に、いつもよりもたっぷりと水やりをしながら、草花の姿をしげしげと眺めていた。朝顔、向日葵《ひまわり》、コスモス、鶏頭《けいとう》、ひな菊、松葉牡丹《ぼたん》、ラベンダー、花魁草《おいらんそう》、サルビア。それぞれの持ち場で、それぞれに与えられた姿で、それぞれの生命を謳歌《おうか》しているように見える植物たち。

「チーフ、本当に申し訳ありません。実は父の具合が……」

部下の話によると、一ヶ月ほど前から入院し、手術を受け、闘病していた郷里の父親の容体が急激に悪化し、担当医から「明日の夜まで保《も》つかどうか。ご家族、ご親族の方々には、可能な限り、集まっていただいておいた方がいいでしょう」と告げられたという。

「まあ、そうだったの、お父様がそのようなことに。それは大変ね……」

「あの、それで、京都のことなんですけど」

「そうそう、あの件ね」

彼女はこの週末、京都へ出張することになっていた。画廊と専属契約を結んでいるアーティストのひとりで、彼女が担当している新進陶芸家が、京都の大手デパートで一週間前から開催されているグループ展「現代前衛芸術家展」に作品を出しており、土曜と日曜の午後にはそれぞれ、京都在住の画家や僧侶とのトークショーや記念講演会などが予定されていた。

事情を聞き終えると、あなたはきっぱりと言った。

「大丈夫よ。仕事のことならまったく気にしないで。なんの心配もいりません。京都へは、私が行きます」

彼女の出張スケジュールの詳細は、会社のパソコンの業務ファイルに入っている。あなたはそれを自宅のパソコンで呼び出すことができる。それに、出張許可を出した時、大まかな内容はすでに把握していた。

「えっ、チーフに行っていただけるんですか？　申し訳ありません。でも、それだと私もすごく安心です。本当にすみません」

何度も詫《わ》びる部下に対して、あなたは優しく、言葉を積み重ねた。

「謝る必要なんて、ちっともないわ。どうぞお父様のそばにいてあげて。心ゆくまで付き添ってあげて。気をしっかりと持って、お母様を支えてあげてね」

「ありがとうございます。それではお言葉に甘えまして……」

受話器を置いたあと、振り返って、あなたはリビングルームにいる夫に声をかけた。ほんの少しだけ済まなそうな、しかし、明るい笑顔をつくって。

「ごめんなさい。私、あした、行けなくなっちゃった」

土曜の朝から月曜の午後にかけて、二泊三日の予定で、静岡にある夫の両親の家を訪ねることになっていた。これは、毎年の子どもたちの夏休みの恒例行事のようなもので、そのために、あなたも夫も月曜日には有休を取っていた。

「あしたとあさって、急に京都に出張しなくちゃならなくなって……」

部下から聞いたばかりの経緯を説明すると、夫はほんの少しだけ残念そうな、しかし、ごくあっさりとした口調で言った。

「そうか、そういうことなら、仕方がないな。気をつけて行ってこいよ。まあ、古巣の京都だから、慣れてるとは思うけど」

息子はひどく残念がってくれた。

「えーママ、行けなくなったの？　なんでなの？　つまんないな。おばあちゃん、がっかりするよ。おじいちゃんも、おねえちゃんも。パパも、いやだよねぇ」

娘はあんまりがっかりしないだろうなと、あなたは思った。中学生になってからの彼女の関心は、母親の仕事や都合よりも、友だちやクラブ活動の方に強く向けられている。そして夫の両親は娘よりもさらに、もしかしたらまったく、残念がらないだろう。彼らは、自分の息子と孫たちに会えれば、それで大満足なのだから。

夫と息子のふたりに向かって、あなたは両手を合わせて言った。

「ごめんね、ほんとに。ほんとに、ほんとに、ごめん。お義父《とう》さんとお義母《かあ》さんに、くれぐれもよろしく伝えてね」

「ああ、またそのうち、顔を出せばいいさ。うちの親のことなら、問題ないよ」

優しい言葉が返ってきた。その時、ほんの少しだけちくりと、しかし確かに、あなたの胸は痛んだ。目の前にある、合わせたあなたの両手のなかにある、この家のなかにある、あるはずの、純度百パーセントの幸せのなかに、かすかに混じっている不純物のようなものを感じて。

「ありがとうね。そう言ってもらえると、気が楽になるわ。何しろ急なことで、もうこんな時間だし、ほかに都合がつく人もいなくて」

それは、嘘だった。あなたは夫に嘘をついた。小さな嘘だ。それが、かすかな不純物の正体だったのかもしれない。「ほかに都合がつく人」は、いないどころか、実はいた。しかも複数。三人の女性スタッフのうち、残りのふたりは、あなたが依頼すればむしろ大喜びで、京都に出張しただろう。逆に「行かせて下さい」と、頼まれたかもしれない。「行きたいです、京都」と。彼女たちは仕事熱心だ。恋愛よりも仕事に、仕事で成功することに、夢中になっている。そのことは、上司であるあなたが一番よく知っている。また仮に、そのふたりの都合がつかなかったとしても、会社には老若男女、優秀な人材が揃《そろ》っている。他の画廊からしかるべき人を回してもらうこともじゅうぶんに可能だ。

それなのに、あなたは「私が行きます」と、即座に返事をした。迷うことなく、一瞬のためらいもなく。

仕事に対する責任感。もちろんそれもある。仕事に対する愛、情熱。もちろんそれらもある。

あるけれど――。

あなたは、京都の夜景から目を逸《そ》らす。

同時に、夫、子どもたち、家、庭、職場、仕事、仕事仲間、そして、あなたの人生からも目を離す。目を離して、窓辺のソファーから立ち上がり、クローゼットのそばの壁に埋め込まれている姿見の前まで歩いていって、そこでバスローブを絨毯《じゅうたん》の上に、はらりと落とし、鏡に映った裸の全身を見つめる。首筋、耳のうしろ、乳房、その先端、脇の下、鎖骨、ウェストのくびれ、臍《へそ》、二の腕、肘《ひじ》、手首、手のひら、爪、太もも、太ももの内側、太ももの付け根、脛《すね》、膝、足首、足の爪、踵《かかと》。くまなく、厳しく、すみずみまで、検査か何かでもするように。見て、触れて、撫でて、指で摘《つま》んだり、つねったりして、点検する。

この、わたしの体は果たして、人に見せることのできる、あるいは、見せてもいい、あるいは、見せるに値する肉体なのかどうか。

自信はある。自信はない。どちらも真実だ。

わたしはまだ辛うじて若く、美しい。

わたしはもう若くなく、美しくもない。どちらも真実だ。

わたしはすべてを手にしている。わたしは何も手にしていない。どちらも真実だ。

わたしは幸せ。わたしは不幸せ。どちらも真実だ。

あなたは思う。確認する。これらの真実とは無関係に、いいえ、これらの真実をすべて凌駕《りょうが》したところに、たったひとつの真実があるのだ、と。わたしは「彼に会いたい」という、ひとつきりの真実。

まぶたを閉じて、あなたは思う。自分の体の残像に、彼の体をぴたりと重ねながら。全体に全体を、細部に細部を重ね合わせていきながら。

どうしても今夜、あの人に会いたい。会わなくてはならない。あの夏の夜、会えなかった人に。

まぶたをあけて、あなたは問いかける。鏡に映っている女に向かって。

会って、どうするつもりなの？　会うだけでいいの？　会うだけで、終わらせることができるの？　終わらせることができなくなって、家族や家庭や仕事や家や庭、平穏で安寧で退屈な夢や幸福、これまで大切に育て、慈しんできたものをことごとく、失うことになってもいいの？

問いかけて、答える。

わからない。何もわからない。ただ、会いたい。それだけよ。

自分の胸を両腕で抱きしめて、あなたは思う。同じことを、何度も。幻の彼の両腕に、背中から抱きしめられて。

わたしは彼に会いたい。そのために今夜、この町にやってきた。そのために、わたしはここにいる。そのために、わたしはきょうまでの日々を生きてきた。行かなくては。彼に会いに行かなくては。

わたしは、エレベーターに乗って新館の最上階から五階まで降りると、新館と旧館をつないでいる渡り廊下をゆっくりと歩いていった。一歩一歩、自分の足音を数えながら、踏みしめた絨毯の感触を味わうようにして。この一歩一歩が、彼へとつづく序曲なのだと思いながら。

カジュアルなデザインのTシャツと、清楚《せいそ》で涼しげなカーディガンと、コットンパンツ。色調は白とベージュ。足もとはサンダル。アクセサリー類はなし。化粧もなし。女っぽくもなく、子どもっぽくもなく、若づくりでもなく、派手でもない、母親にも妻にも見えないような装いにしたい、と、考えに考え、悩みに悩んだ結果、かつてこの町で大学に通っていた頃の定番ファッションに落ち着いた。彼のバイクに乗せてもらうためにわたしはいつも、冬場はジーンズ、夏場はコットンパンツをはいていた。

――渡り廊下の脇から下に降りていく螺旋《らせん》状の階段があってな、その途中に、上半分がガラスになってる、ちょっと古風なドアがある。大正ロマンみたいな感じやし、すぐにわかると思うけど、そのドアの向こうにバーがある。カウンターだけの小さな店やけど、居心地は保証する。そこで待ち合わせしよか。

ゆうべ、規則正しい寝息を響かせている夫の隣で、幾度、彼の言葉を反芻《はんすう》したことだろう。柔らかな、それでいて、その中心にピンと尖《とが》った芯が隠されているような、彼の声。まるで3Bの鉛筆のようになめらかな、関西のイントネーション。夢のなかで交わされたかのような、恋人たちの会話。

――バーの名前は、なんていうの?

――まいごのこねこ。全部ひらがな。

――ずいぶん可愛い名前なのね。

――看板は表には出てへんけど、ドアのガラス越しに店内が見えるようになってるし、近くには店は一軒もあらへんし、迷子の子猫になることはないと思うよ。どうしても見つけられへんかったら、フロントでたずねたらいい。

——わかった。そこで待ってるね。

——俺は夜も仕事があるから、何時に行けるか、時間は確約できへんけど、終わり次第、すっ飛んでいくから。

——大丈夫よ。ずっと待ってるから。私はたぶん九時半か十時くらいには降りていけると思う。でもいつまでも待ってるから、だからあわてないで、気をつけて来て。バイクで来るんでしょ。

——そのつもりや。

渡り廊下の壁から、ほんの少しだけ奥まったところにあったせいか、螺旋階段が見つけにくく、廊下を何度か行き来してしまったが、階段を見つけたあとは、いたってスムーズにバー「まいごのこねこ」にたどり着くことができた。

「こんばんは」

ドアだけではなくて、天井や床や壁や小窓、内装や置物や小物なども典雅なアンティーク調で、まるで古い洋館に紛れ込んだような気分にさせてくれる、それはそれは優美な空間だった。ぎりぎりまで落とされた照明のなかで、時の流れを深く吸い込んだ調度品のかずかずが、それぞれに濃度の異なる幻想的な光を放っている。こんなことなら、もう少しエレガントな装いをしてくればよかったかな、と、後悔しているわたしを、バーテンダーは、真夏日の木陰のような、打ち水をしたばかりの軒先のような、爽やかな笑顔で迎え入れてくれた。

「ようこそ、いらっしゃいませ」

スツールに腰を下ろしてジントニックを注文し、喉《のど》を潤《うるお》しながら、

「このホテルには、過去に何度か宿泊したことがあるんですけど、こんな素敵なお店があったなんて、長いこと、知りませんでした」

話しかけると、彼はすかさず教えてくれた。

「ええ、もともとは旧館の地下一階にありましたバーを、一時期は諸事情がございまして廃業しておったんですが、ホテルの増改築に伴いまして、そっくりそのまま、この渡り廊下の途中に移動させたんです。何もかも、もとのまま。復元したというよりは、引っ越しでしょうか」

「そうだったんですか、ずいぶん古いんでしょうね」

答える代わりに、バーテンダーはわたしの顔を見て、微笑《ほほえ》んだ。切り取り線に沿って、慎重に紙を裂くように。まるで、百年前くらいからこのバーで毎晩、お

酒をつくってきました、と言いたげな笑みだった。

店内には、ヴィヴァルディのバイオリン協奏曲『四季』が、光の雨のように、風のように、小鳥の歌のように、降り注ぎ、流れ、流され、たゆたっていた。ヴィヴァルディが終わるとモーツァルト。どうやらバーテンダーは、バイオリン協奏曲が好きなようだ。

壁に掛かっている振り子の時計は、十時半を指していた。

わたしが入店したときにはひとりだけいたお客が帰ってしまい、さっきから、バーテンダーとふたりきりになっている。だが決して、気詰まりではない。バーテンダーの年の頃は、四十代後半か、五十代の初めくらいだろう。わたしと同じ世代に違いないと思うと、なんとはなしに親近感が湧いてくる。とはいえ、何か話そう、会話をしよう、という気も起こらないし、向こうからも話しかけてこない。ただ、そこにいてくれるだけでいい、と思える、思わせることのできるバーテンダー。これこそ「理想のバーテンダー」かもしれないな、などと、わたしは思っている。

ほとんど氷だけになっていた、わたしの手もとのグラスを引き寄せながら、理想のバーテンダーは言った。

「何かおつくり致しましょうか」

答える代わりにわたしは、カウンターの端っこにさりげなく置かれていた、ふたつ折りのメニューを手にして広げ、そこに書かれている言葉を静かに読み上げた。まるで短い詩を朗読するかのように。

美しい古都で
思い出の一夜をお過ごしのあなたへ
まいごのこねこで
とっておきの「真夏の夜の夢」を

それから顔を上げて、言った。

「ぜひ、見てみたいわ。味わってみたいです、この夢のカクテル、ミッドサマー・ナイツ・ドリーム」

バーテンダーはふんわりと相好《そうごう》を崩した。

「かしこまりました」

見目麗しい所作で、きびきびと立ち働いているバーテンダーの背に向かって、わたしは戯《たわむ》れに問いかけてみた。

「あの、シェークスピアがお好きなんですか」

振り向いたバーテンダーは、照れくさそうな、はにかみがちな表情になっていた。ほんの少しだけ、素顔が覗《のぞ》いている。

「はい、お察しの通りでございます。実は私、若かりし頃、芝居の世界にどっぷりと頭の先まで浸《つ》かっておりまして。舞台俳優にあこがれていた時代もありました。恥ずかしながら、といいますか、誠になんとも身の程知らずな、遠い遠い昔の、それこそ真夏の夜の夢だったわけですが」

「まあ、そうだったんですか。本当に素敵な声をしてらっしゃるし、これで謎が解けました」

「ご冗談を。いいえ、ご冗談でも、お客様のようなきれいな御方にそんなことをおっしゃられてしまいますと、嬉しくて、鼻の下が伸びてしまって、困ります」

ふたりの笑い声がゆるゆると絡み合い、やがて空中ですうっと解《ほど》けた。

「さ、どうぞ」

差し出されたカクテルグラスには、シルバーがかったレモン色のお酒が満たされていた。テキーラをベースにして、パイナップルジュースとライムの搾り汁、ほんの少量のグレナディンを加えてあるという。

「今夜、まるで夢みたいな美しい夢を見られますように」

祈るようにつぶやいてから、グラスの縁に唇をつけた。

「ああ、美味しい」

心の底からの感嘆の言葉が、唇と唇のあいだから零《こぼ》れ落ちた。

「そうですか、お気に召されましたか。それはよかった」

ひと組の若い男女が入ってきて、あわただしく飲んで、あわただしく去っていき、わたしが二杯目の「真夏の夜の夢」を飲み始めた頃、遠くの方から、雷の音が近づいてきた。

「ひと雨さーっと来そうですね。これで少しは涼しくなるでしょう」

バーテンダーが言った。独り言のように。それから、店内にたったひとつだけついている、観音開きの小さな出窓を半分ほど、あけた。そこから、湿った夜風がするりと入ってきた。羽の生えた蛇《へび》のようなその風は、わたしの耳たぶと頬と首筋に触れたあと、ほんの少しだけ店のなかに留まっていたが、ふいに踵《きびす》を返すようにして、どこかへ消え去った。わたしの頬に、誰かの冷たい手のひらの感触だけが残った。

「夏の嵐が来るのかしら」

わたしも独り言をつぶやき、つづけて「嵐の前の静けさかな」と、自分に言い聞かせるように言ったあと、二杯目のお酒を一気に飲み干した。

腕時計に目を落とすと、十一時五分になっていた。

彼はまだ姿を現さない。代わりに雨がやってきた。ぱらぱらぱらと、天上から落ちてくる雨音が、まるで店の天井から床に落ちてくるかのように、すぐ近くに聞こえる。ばらばらばらと、音は次第にその勢いを増してくる。時折、床から弾かれて、足もとまで跳ね上がってくる雨粒もある。

彼はまだ、姿を現さない。どこからも。

けれど、わたしには、わかっていた。頭ではなくて体で、感じていた。体の奥で、中心で。確信していた。

彼は必ずやってくる。ここに、わたしのそばに。今夜ここで、あの夜には起こらなかったことが、起こる。もしかしたら、この夏の嵐が彼をここに、連れてきてくれるのかもしれない。彼を連れてきて、わたしを連れ去る。わたしの人生を。彼と一緒に、彼の人生と一緒に。

そんな、めくるめく嵐の前の静けさに包まれて、

「ひとつ、お願いがあります」

バーテンダーに向かって、言ってみた。

高ぶる気持ちを鎮めたかった。

「よかったら、教えて下さいませんか。シェークスピアの『真夏の夜の夢』って、どんなお話でしたっけ？　学生時代に読んだことはあったと思うけど、細かいところはすっかり忘れてしまいました。だから、あの、ご迷惑じゃなければ、教え

て欲しいの」

忘れてなど、いなかった。忘れるはずがない。忘れるわけがない。だが、そう言ってみた。深い理由はない。理由はないが、願いはある。望みもある。わたしは欲していた。ただ、聞きたかった、聞いてみたかった、この人の声で語られる、あの物語を。いいえ、この物語を。生涯、忘れることのできない、彼とわたしの真夏の夜の夢を。

「ご迷惑でしょうか」

「とんでもない。喜んで」

大きくうなずいて、バーテンダーは語り始めた。朗々と。心の底から愉《たの》しそうな顔つきになっている。やっぱりこの人は「本物の大人だ」と、わたしは納得していた。理由も意味も生産性もない、記憶という不確かな形以外には、あとには何も残らない時間、あるいは物事を大切にできる、心ゆくまで楽しめる、ささやかな酔狂を愛する、愛せる人、それがわたしの基準では成熟した本物の大人なのだった。

「……ハーミアとライサンダーは、深く愛し合っている恋人同士だったんですね。

ところが、ハーミアの父は、このふたりの仲をどうしても認めようとせず、娘に、自分のすすめる別の男と結婚させようと目論《もくろ》むわけです。当然のことながら、娘はそんなことはできないと突っぱねる。しかしながら頑固なこの父親は『父の言いつけに従わない者は死刑に処す』という法律をふりかざし、娘ハーミアの死刑を願い出る。娘は悩みます。恋人への愛を貫いて死刑になるのか、それとも別の男と結婚して、死んだように残りの人生を生きる道を選ぶのか。恋人たちは、これからどうすればいいのか、相談するために、夜の森で会う約束をします。そして娘はこの密会について、友人のヘレナに打ち明ける。打ち明けられたヘレナもまた、夜の森へと出かけます。なぜならヘレナは、父親が娘に結婚相手としてすすめている男を深く愛していたから……」

あなたもまた、まぶたを閉じて、夜の森へと出かける。

黒い帽子、黒いショール、黒いブラウス、黒いロングスカート、黒いベルト、黒いストッキング、黒い靴。黒い口紅。真夏の夜に立ちこめる、黒い霧に溶け込んでしまえるよう、全身を黒で包んで。足音を忍ばせ、黒々とした影のなかにつづく、道なき道を進む。

ひたひたと進んでゆきながら、あなたは思いを馳《は》せる。巡らせる。

海の底から響いてくるようなバーテンダーの声のうねりに身を任せ、前後左右に揺れ、波に揉《も》まれながら、小舟のようにあなたは、あの夏の夜の森のなかで起こった出来事と、そこからつづいてゆくかもしれなかった、あなたのもうひとつの人生を想う。

大学二年生の時、友人の紹介で出会った、同い年の彼。

バイク乗りで、旅が好きで、映画が好きで、そうして、誰よりも何よりも、あなたのことを愛してくれた。そうなのだ、あなたたちは、愛し合っていた。ハーミアとライサンダーのように。引き裂かれようとしていた。ハーミアとライサンダーのように。

格式と伝統を重んじる京都の料亭の長男として生まれ育った彼は、父親曰《いわ》く「関東の田舎者」であるあなたとの結婚はもちろんのこと、あなたとの交際すら、禁じられていた。なぜなら彼の父親には、どうしても息子の嫁にしたいと考えている女がいた。彼女もまた、創業二百五十年あまりの歴史を誇る、有名な京都の茶舗《ちゃほ》の娘。両家の商売のさらなる繁栄と発展のためにも、その縁談は必要不可欠なものだった。

しかし彼には、あなた以外の人との結婚など、想像も仮定もできない。反対されればされるほど、禁じられれば禁じられるほど、恋の情熱は燃え上がる。燃えさかる。一生離れない、離さないと、ふたりの絆《きずな》はいっそう強く、結ばれてゆく。

彼があなたに語って聞かせた話によれば、父親が「一緒になれ」と命じるその女は、かつて父親が関係を持っていた、もしかしたら今も持っている若い愛人なのかもしれない、いや、そうに違いない、という。

ふたりが大学を卒業したその年の夏、とうとう思い余って、彼はあなたとの駆け落ちを計画する。彼は家を捨て、父親の支配から逃れ、あなたとふたりきりで生きていく決心を固めていた。手に手を取り合って上京し、大都会のなかに紛れ込み、ひっそりと、ささやかな暮らしを営んでいこう、と。あなたにとっても、それは願ってもない計画だった。惜しげもなく、未練もなく、あなたは勤めていた会社を辞め、着々と上京の準備を進めていった。都内にアパートを借り、アルバイト先も決め、あとはふたりで上りの新幹線に乗るだけ、になっていた。

駆け落ち決行の夜、京都駅ではなくて、あなたたちは、新大阪駅で待ち合わせることにした。京都駅だと、知っている人の目に触れる可能性がある。何があっても、彼の父親にこの上京計画を気づかれたり、気取られたりしてはならない。

あの夏の夜、あなたは、新大阪駅の新幹線のプラットホームに立って、待っていた。待ちつづけていた。息をひそめ、息を詰め、旅行鞄のストラップを握りしめ、彼がエスカレーターに乗って、その姿を現す瞬間を。

あなたは今「夜の森」のなかで、歌うように、思っている。

わたしは待っていた。

ひとりで、待っていた。

いつまでも、いつまでも、待っていた。

彼と歩いてゆく新しい人生を。

その始まりの時を。

いくつもの新幹線を見送って、上りの最終列車がホームを離れたあとも、愛しい人は必ず、ここにやってくると信じて――。

「堪忍堪忍《かんにん》。待ったやろ？　ごめんな、長いこと、待たせてしもて」

耳もとに彼の声が届いて、あなたははっと目を覚ます。

いつのまにか、カウンターの上で頬杖をついたまま、つかの間の眠りに落ちていたようだ。

振り向くと、彼の姿があった。目をこすって、見た。間違いない、彼だ。歳月の流れをまったく感じさせない。彼は若々しく、凛々《りり》しい。あの頃のままだ。まっ白な半袖のTシャツに、ブルージーンズに、茶色の革のブーツ。革ジャンとヘルメットを手にしている。無精髭《ぶしょうひげ》、二重まぶたの目、長い睫毛《まつげ》も瞳に宿る光も、あの頃のまま。髪の毛を掻《か》き上げる仕草も、嬉しい時に眉をぴくぴくさせる癖も、変わっていない。

オーベロンの魔法でつくられた媚薬《びやく》だ、と、あなたは思う。

『真夏の夜の夢』のなかで、妖精の王オーベロンが、女王のタイターニアのまぶたに塗りつける媚薬。眠っているあいだに、まぶたにそれを塗りつけられた人は、目を覚ましたとき、最初に目にした人に恋をしてしまうのだ。

あなたは思う。

わたしはたった今、ふたたび、この人に恋してしまった。

「ああ、嬉しい。来てくれたのね」

「来たよ、やっと来たよ」

「久しぶりね」

「長かったよ、百年ぶりのような気がする」

「雨、大丈夫だった」

「どうってことなかった」

矢継ぎ早なやりとりと共に、彼は息を弾ませてそばまで近づいてくると、あなたの真横に腰を下ろす。彼の匂い、彼の体や衣服についている雨粒の跡、その湿り気、彼の体温、彼の気配、影、存在感、彼のすべてが熱風のようにあなたを包み込む。

「なんだか、昔のままなのね。私だけが年を取った気がする」

「それって、俺に成長がないってことか」

「ううん、そうじゃなくて……」

あなたはそのつづきを言い淀《よど》む。

ふわふわとした、捕らえどころのない綿のような不安がぎっしりと、喉の奥に詰まっているような気がする。数時間前、ホテルの部屋で鏡に映して眺めた自分の全身を、あなたは思い出す。思い浮かべる。首筋、耳のうしろ、乳房、その先端、脇の下、鎖骨、ウェストのくびれ、臍、二の腕、肘、手首、手のひら、爪、太もも、太ももの内側、太ももの付け根、脛、膝、足首、足の爪、踵。そこに、彼の体を重ねてみる。細部も全体も。くまなく、隙間《すきま》なく、重ね合わせてみる。

不安の綿が不安を吸い込んで、さらに固くなってゆくのを感じる。わたしの体は果たして、彼の視線に耐えられるのだろうか。彼の欲望を喚起し、彼の口づけや抱擁《ほうよう》を受け、彼の肉体を迎え入れることができるのだろうか。そんな資格がわたしにはあるのか。

彼は、そんなあなたの不安を溶かすような熱いまなざしで、あなたを見つめている。

「ほんまにほんまに堪忍な。仕事がなかなか片づかなくて、こんな時間になってしもうて」

喜びのあまり、だろうか、幸せのあまり、だろうか。容貌の若々しさとは対照的に、彼の声はか細く、ほんの少しだけ掠《かす》れ、くぐもっている。もしかしたら、ハードな仕事が積み重なって疲れているのだろうか。あなたには、掠れたその声もまた愛おしく思える。

やっと見つけた双子の片割れに話しかけるような親密さで、彼は問う。

「ひとりで何を飲んでたんや」

あなたは手もとのグラスに視線を落とす。空になっている。溶けた氷水まで、すでに飲み干してしまっている。

「ああ、これ？　これはね、真夏の夜の……」

あなたが最後まで言い終わらないうちに、

「俺もそれ、もらお。そうしたら、おんなじアルコールがふたりの血管のなかを流れることになるもんな」

愉しそうに言いながら、彼は首を伸ばして、バーテンダーの姿を探した。が、バーテンダーは店の奥に何かを取りに行っているらしくて、カウンターのなかにはいない。

「バーテンダーさん、バーテンダーさん、バーテン……」

呼びかける彼の声が、心なしか少しずつ、遠ざかってゆくような気がする。

急がなくてはならない。なぜか、唐突に、あなたは気づく。そうなのだ、急がなくては。もうじき真夜中がやってくる。シンデレラの魔法は、十二時になれば、解けてしまうのだから。


わたしは、カウンターの上に置かれていた彼の手を握りしめ、自分の方にぐいっと、引き寄せた。そこに、意志はなかった。ただ、情熱と欲望だけがあった。

「どうしてもお酒、飲みたいの？」

「ん」

訝《いぶか》しげな表情で、わたしの顔を覗き込んでいる彼に向かって、告げた。

「行きましょう。ここを出て、すぐに」

「どこへ」

その問いには答えないで、わたしは先にスツールから滑り降りると、彼の手を摑《つか》んだまま、バーを出た。

引っ張られるような格好で、彼もついてくる。急がなくては、急がなくては、急がなくては。切羽詰まった思いが彼にも伝わったのか、彼もまたわたしの手を手綱のように摑んだまま、ついてくる。

まるで一対の浄瑠璃《じょうるり》人形のように、見えない黒い存在に操られるようにして、わたしたちは螺旋階段を上り、渡り廊下を走り抜け、エレベーターに乗り、最上階まで上がり、鍵《かぎ》を差し込みドアをあけ、わたしは彼を部屋のなかに引き入れた。

ドアを閉めると、明かりも点けないで、

「もう待てないの、一分も、一秒も」

言い終えると同時に、つま先立ちをして、彼の唇に自分の唇を押しつけた。

胸のなかで、叫んでいた。鼓動に合わせて。会いたかった、会いたかった、会いたかったと。どんなにどんなに会いたかったことか。

「俺もや」

彼もわたしの唇を貪《むさぼ》った。まるで噛《か》みちぎられてしまいそうな激しさだった。血の味のする口づけだった。わたしも貪った。貪り返した。

唇を離すと、彼は言った。

「ほんまに、ええのか」

「何が」

「覚悟はできてんのか？　ここから先へ行ってしもたら、俺たち、もう二度と、もとの世界へは……」

「戻りたくない。かまわない。連れていって」

　ああ、これ以上、話をするのも、洋服を脱ぐのも、もどかしい。もどかしい気持ちの縄で、互いの体をぐるぐると縛りつけるようにして、わたしたちはそのままベッドの上に倒れ込んだ。その時、彼の呻《うめ》き声が響いた。それは、喜びというよりはむしろ、苦痛を訴える声のように聞こえた。わたしの胸もまた、大き過ぎる喜びでまっぷたつに引き裂かれ、そこから甘やかな苦痛が滴《したた》り落ちている。

「会いたかった。待ってたの。こんな夜が来るのを」

「また会えたね。やっと、会えた」

　彼がわたしの上に覆いかぶさって、そう言った瞬間、窓の外で、稲妻が光った。空が、空に棲《す》んでいる巨大な魔物の爪で引っ掻《か》かれたかのような、ジグザグの光が幾本も、部屋のなかに突き刺さり、ガラスの破片のようにあたりに飛び散り、それらの光がベッドカバーに乱反射して、わたしの顔の真上にある彼の顔を照らし出した。

「あっ」

声にはならない声が出た。

彼の額に、ひとすじの糸が張りついている。いや、ひとすじではない。よく見ると、幾筋も幾筋も、髪の毛のなかから、赤い糸が垂れ下がっている。これは何。手を差し伸べ、指先で拭《ぬぐ》ってみると、それは血だった。あたたかくはない。妙に冷たい血液。色も濁っている。

「どうしたの？　頭から血が出てる。大丈夫」

問いかけた。返事はなかった。返事の代わりに、彼はわたしの体の上に、崩れ落ちてきた。それから両腕で、わたしを抱きしめようとした。

「会いたかった……待たせてしまって……済まなかった……行けへんようになってしもうて、間に合わへんようになってしもうて……」

彼の声が、彼の両腕の力が、少しずつ弱まり、萎《な》えてゆくのがわかる。

わたしは彼の背中に両腕を回してそっと抱きしめ、話しかけた。

「大丈夫？　どうしたの？　どこか具合でも悪いの」

問いかけながら、彼の背中を撫《な》でる。撫でさする。指にごつごつ当たるものがある。ぞっとするようなその感触に、気を失いそうになりながらも、わたしは必死で正気を保って、問いかけた。

「大丈夫？　大丈夫？　急に具合が悪くなったのね」

「ああ、ああ……ああ、助けて……苦しい……どうしたんやろ、うまく息ができへん……寒い……寒い……さむ……」

わたしの体の上で、彼の体が次第に重くなってゆく。わたしは身動きが取れなくなっている。頭はパニック状態に陥っている。これは、これは、これは、いったいどういうこと？　彼の身にいったい何が起こったの。何が起こっているの。

「はぁぁぁ、息ができへん。目が見えへん……動かへん……」

ふたたび激しい稲妻が光って、彼の全身が照らし出されたとき、わたしにはすべてが見えた。見えてしまった。Tシャツもジーンズも革ジャンも、頭も顔も肩も胸も、そこらじゅうが血だらけで、傷だらけで、泥だらけで、引き裂かれて、ばらばらになっている。首筋、耳のうしろ、脇の下、鎖骨、臍、二の腕、肘、手首、手のひら、爪、太もも、太ももの内側、太ももの付け根、脛、膝、足首、足の爪、踵。何もかもが、壊れている。木っ端微塵《こばみじん》に。シーツにも枕にもベッドカバーにも壁にも、血と肉片が飛び散っているではないか。

「痛い、痛い、痛い、いたい……いたい……いた……」


あなたは、彼の体を抱きしめて、離そうとはしない。細部も全体像も抱きしめたまま優しく、声をかける。

「そうだったのね。事故に遭ってしまってたのね。激しい雨でスリップした車に轢《ひ》かれて、それで、あの夜は、来られなかったのね」

あなたはたった今、覚《さと》った。理解した。この目で見た。あの夏の夜、彼が新大阪駅に来られなかった、その訳を。

息も絶え絶えの、いや、すでに息絶えているのかもしれない体、いや、すでに体とは呼べない肉の欠片《かけら》、その片々にかつて宿っていた心の残骸を胸に抱いて、あなたは懸命に言葉を紡《つむ》ぐ。

「大丈夫よ、心配しないで。もう何も心配しなくていいのよ。こうして会えたんだから。私はもうどこへも行かないし、あなたから離れない。朝も晩もこうしてぴったりとくっついたままでいる。だから、安心して。ふたりで、死ぬまで一緒に、ここで暮らしましょう。この夢のなかで、この夜の森のなかで、このベッドの血の海で」

あなたは、決意する。

わたしがあなたを守る。あなたを愛する。愛し抜く。あなたの痛みをわたしの痛みとして。傷つき壊れたあなたの体に、わたしの生きた肉体を捧げる。これは揺らがない思いだ。誰にも壊せない。たとえ肉体は滅びても、思いは滅びることがない。

けれども、わたしには、わかっている。

これは、真夏の夜の夢なのだと、わたしにはわかっている。わたしはバーのカウンターに頬杖をついて、短い夢を見ているだけなのだ、と。もうじき、バーテンダーが戻ってくるか、夫が携帯電話を鳴らすかして、わたしは目覚めてしまうのだろう。

なんて、なんて、美しい夢。

この夢が永遠に、覚めなければいいのに。

血だらけの両手で、彼の背中の皮を突き破って飛び出している白い骨を撫でながら、わたしは思っている。願っている。祈っている。夢よ、どうか、覚めないで。お願いだから、わたしをここに、このまま、留《とど》めておいて。願いが叶うなら、わたしはわたしの命を、わたしの残りの人生を、今ここで即座に、擲《なげう》ってしまってもかまわないから。

黄金の夜明け

Golden Dawn

Dry Gin
Calvados
Apricot Brandy
Orange Juice

生き残れた。

部長の乗ったタクシーを、テールランプがすっかり見えなくなるまで見送ったあと、東京メトロの駅に向かって歩き始めた僕の脳裏に浮かんだ言葉は、それだった。大丈夫だ。これで、生き残れた。

腕時計を見ると、まだ八時過ぎ。夜は始まったばかりだ。

会社の近くにある雑居ビルの地下に、オープンして間もない小料理屋の暖簾《のれん》をくぐったのは七時過ぎだったから、部長と一緒に過ごしたのは、わずか一時間ほど。カウンター席の角に、斜めに向かい合う形で腰を下ろして、ビールを頼み、つまみを二、三品注文し、

「話の途中で、悪いね。このあともう一カ所、どうしても顔だけ出しておかなき

ゃならない集まりがあるので、今夜はこのあたりで失礼するよ」

そう言って、部長が立ち上がるまでのあいだに、沈没寸前だった僕の未来は、救われた。

人生、何が功を奏するか、本当にわからないものだと思った。真面目にやってきてよかったな、とも。

真面目にがんばる子。

くそ真面目が洋服を着たような男。

真面目を絵に描いたような人間。

真面目だけが取り柄。真面目以外に取り柄はない。

子ども時代も、学生時代も、社会人になってからも、親からも先生からも会社の人たちからも友人からも、数は少ないけれどいたことはいた、その時々の恋人からも、異口同音にそんな風に評され、喜んでいいのか、くやしがるべきなのか、自信を持つべきなのか、失うべきなのか、わからないまま、自分でも自分に「真面目」というレッテルを貼りつづけてきた気がする。

だが結局、真面目過ぎるほど真面目な僕がこうして生き残れたんじゃないか。

最後に勝つのは真面目だったのだ。

「加藤くん、今晩ちょっとだけ、時間いいかな」

きょうの昼過ぎ、営業部の統括部長から声をかけられた時には「ついに来たな」と覚悟を決めていた。

年が明け、正月気分が抜け始めた頃から、部長は営業部員をひとり、ないしは、ふたり程度ずつ呼び出しては、食事に連れていったり、飲みに出かけたりしていた。それが「査定」であることは、誰の目にも明らかだった。つまり部長は、個別に面談をし、必要とあらば打診をし、それぞれの事情や意見や陳情を聞いた上で、誰の首を切り、誰を残すか、判断しようとしていたのだった。

中堅どころの文具メーカーである㈱松本ステイショナリーの関東支社の営業部員は、正社員、契約社員、派遣社員、合わせて二十六人。噂によれば、今春早々おこなわれる予定のリストラの対象となっているのは、五人の幹部社員を除く二十一人のうち、業務成績リストの下から数えて七人で、そこから四人をカットして三人にせよというのが社長命令であるらしい。僕がその七人のなかに含まれていることは、火を見るより明らかだった。いや、もしかしたらすでに、切られる四人のなかに入っていたのかもしれない。

ぱっとしない大学を、ぱっとしない成績で卒業し、およそ一年半あまり、就職浪人に甘んじたあと、知人の口利きでアルバイトとして雇われた今の会社で、運よく契約社員として雇用されたのは、五年ほど前のことだ。配属されたのは、デパート営業部。

以来、ひたすら真面目に、こまめに、律儀《りちぎ》に、日本全国津々浦々のデパートへ足を運んでは、業務に励んできた。真摯《しんし》な日参が実を結び、都内の有名デパート数カ所の文具売り場に特別コーナーを設けさせてもらうことに成功、その年上半期の「優秀社員賞」を受けたこともある。

しかしながら、押し寄せる不景気の波に加えて、ライバル会社が開発した強力なキャラクター商品の人気に火が点《つ》いたことも災いして、この二、三年、売り上げは下降の一途をたどっている。僕の担当している何軒かのデパートでも、一昨年から昨年にかけて、ライバル会社とその系列会社の台頭によって、取引を約半分に縮小されてしまった。

その一方で、僕の後輩にあたる女性社員は、インターネットとメールを駆使し、コンビニエンスストアへの営業活動を展開、右肩上がりの成績をキープしている。彼女のやり方は、足ではなくて、頭を使った営業であり、額に汗して、ではなくて、彼女曰く「クールでおしゃれな新型ビジネス」らしい。真面目よりも、今の時代は、遊び心の方が重要なのだろうと、僕も頭ではわかっている。

わかってはいるけれど、骨身に染《し》みついた真面目は、そんなに簡単には払拭《ふっしょく》できない。

部長にも、言われた。ビールで乾杯したあと、開口一番。

「加藤くんの勤勉さ、真面目な勤務態度は、誰もが認めるところだ。きみの評判は、成績はともかくとして、社内でも社外でも申し分なくいい。きみは本当に一生懸命やってくれている。しかし、きみもよく承知している通り、今は真面目だけでは企業は立ちゆかないからね。真面目がそのまま数字に反映される時代は、終わったとも言えるだろう」

そのあとに部長は、僕の担当しているデパートに食い込んできたライバル会社から、人材を引き抜くことも画策中である、と、つづけた。

店の片すみに飾りとして配されているアルコールランプのなかで、オレンジ色の灯がゆらめいていた。ふっとため息をついただけで、難なく消えてしまいそうな儚《はかな》い光。まるで、僕の行く末のようだった。

就職難のこのご時世に、この会社から解雇されてしまったら、当面のあいだ、転職先など見つかりっこないだろう。アルバイト先だって、見つかるかどうか。真面目と健康以外に取り柄も特技もない男。三十代になってから、肉体的な衰えを自覚する機会が増えた。体力的にも気力的にも、十代、二十代と同じような無理が利かなくなりつつある。

「若手もがんばってくれているが、若さだけで乗り切れる局面でもないしね」

「…………」

岡山の片田舎で、田畑を耕しながら細々と暮らしている、年老いた両親の顔が浮かんでくる。彼らがひとり息子に望んでいるのは「真面目に働いて、優しい奥さんもろうて、幸せな家庭を築くことじゃ。田舎には、帰ってこんでもええからね。おまえが東京で幸せにやってくれてたら、ほかには何も望むことはないんよ」――。

しわがれた母の声に、凛《りん》とした部長の声が重なった。

「どうなんだろう。加藤くんの方でも何か、昨今の不況を乗り切る方策というか、現状をドラマチックに変えていける打開策のようなものがあるのなら、ぜひとも聞かせてもらいたいのだが」

ドラマチックというのは、部長の口癖のようなものだ。日によって、それは「ドラスチック」に変わることもあるけれど。

「はい。実はそれなんですが……」

僕は「宣伝部との提携による、まったく新しいユニークな営業展開」について、ひと通り説明したあと、ズボンのポケットのなかからハンカチ——いつだったか、誕生日に暁子《あきこ》から贈られたもの——を取り出し、額に浮かんだ汗の玉を拭《ぬぐ》ってから、その切り札を出した。黄金の未来を担う一枚のジョーカー。

切り出すとしたら今だと思った。今しかない。

「それと、プライベートな話で非常に恐縮ですが、部長に折り入ってご報告したいことがありまして。近々、宣伝部の多岐川《たきがわ》さんと結婚する予定です」

部長はさして驚いた風でもなく、僕の顔を見て問い返した。

「ほお、多岐川くんと。それはめでたいな。で、いつ」

ポーカーフェイスで、僕は答えた。

「今年の秋ぐらいになると思います。今月の終わりに、長野まで、彼女のご両親に会いに行くことになってます」

ふたりのあいだでは、まだそこまではっきりと決まっていたわけではないのだけれど、この際、希望的観測も事実のうちだ。

「そうか、そうだったのか。加藤くんが多岐川女史の意中の人だったんだね。きみもなかなか、すみに置けないね。真面目一徹みたいな顔をして、やることはちゃんと、やってたんだな」

微笑《ほほえ》んだ部長の温和な表情に、一瞬、シャープな斜線が横切ったのは、僕の気のせいだっただろうか。

短大を卒業後、原宿にある会社直営の文具店で企画販売部員として何年か働いたあと、本社付の総務部に再雇用され、その後、人事部、広告営業部などを経て、現在は関東支社の宣伝部で働いている暁子は、僕よりも五歳年上で、離婚経験者。前の夫とのあいだに、子どもはいない。

会社の飲み会で顔を合わせたり、必要に迫られて一緒にデパート回りの仕事をしたりしているうちに、親しさの度合いが増していき、

「今度、よかったらふたりでどこかでお茶でもしませんか」

と、僕の方から誘うと、

「いいわよ。お茶じゃなくて、お酒でもいいわよ」

暁子も積極的に応じてくれた。

好きになったのは僕の方が先だったけれど、ベッドに誘ってくれたのは、暁子の方が先だった。のめり込んでいったのは、ほぼ同時だった気がする。

「いいの？　あたし、バツイチなのよ」

「関係ないよ、そんなこと」

心の底から、そう思っていた。暁子の話を聞けば聞くほど、彼女の離婚は、不毛な結婚生活をつづけていくことのできなかった、高潔でピュアな性格のなせる業《わざ》のように思えてならなかった。

暁子が「部長のお気に入り」であることは、付き合い始めた頃から知っていた。社内では誰もが認知していることだったし、暁子本人の口からも聞かされていた。

「でも、誤解しないでね。部長とは、今も昔もまったく、そういう関係じゃないのよ」

言い訳など必要ないのに、と思いながら、僕は暁子を抱き寄せて、甘い香りのする髪の毛に口づけた。本音のところでは、あまり聞きたくなかったけれど、暁子が語りたがっていたので、話に耳を傾けた。その昔、部長と暁子が苦労して立ち上げ、軌道に乗せた新商品のこと。それが今の会社を支える屋台骨にもなっていること。そして、暁子の離婚の原因も、どうやらそのあたり――もと夫の「真っ赤な誤解」だと暁子は言った――にあったようだということ。

「俊介くんは、信じてくれるよね」

会社の人たちのなかには、口さがない人も、もちろんいた。暁子は部長を利用し、体を張って、のしあがってきた女だ。そういう汚い言葉が時折、僕の耳にも入ってきた。

「うん、信じるよ」

「百パーセント？」

「二百パーセント」

「信じていいのね」

「もちろん」

念を押されなくても、僕は信じていた。僕には暁子が「そんな女じゃない」ということは、わかり過ぎるほどわかっていたし、部長も「そういう人間ではない」と、確信していた。要するに、部長は暁子の仕事能力を正当に評価しているだけのことなのだ。ゆくゆくは、暁子は宣伝部の部長となり、営業部長の右腕となるだろう。僕はそういう人と結婚するのだ。

「これからは多岐川さんと二人三脚で、私生活だけではなくて、会社の方もがんがん盛り立てていく所存です」

気がついたら、そんな暴言というか、虚言というか、ふだんは絶対に口にしないような台詞《せりふ》まで吐いていた。

別れ際、部長は僕の肩に手を置いて、言ってくれた。

「何はともあれ、おめでとう。末永く、仲良くやっていってくれよ。仲人なら、喜んで引き受けるからね」

その瞬間、僕の首はつながった。生き残ったのだ、僕は。

暁ちゃん、うまく行ったよ。

このグッドニュースを、誰よりも先に、暁子に伝えたかった。

部長を見送り、東京メトロ・丸ノ内線に通じている階段を降りていく前に、上着の内ポケットに収めてあった携帯電話を引っ張り出して、僕は暁子の登録番号を押した。

彼女は今夜、会社の帰りに、大学時代の同級生たちと一緒に飲みに行くと言っていた。「遅ればせながら、新年会をするの」と。

だから今夜は会えないけれど、あしたは土曜日で、ここ半年ほど、土曜の夜はよほどのことがない限り、僕が暁子のアパートを訪ねて、彼女の得意な手料理をご馳走になり、そのまま朝まで彼女の部屋で過ごしている。

「部長に呼ばれたんだ……ついに、僕も」

夕方、会社の廊下ですれ違った時、素早くそう告げると、暁子は、

「うん、わかった」

と、心配そうな表情になってうつむき、長い睫毛《まつげ》を伏せていたっけ。

僕よりも長くこの会社で働いてきた暁子には、僕よりもよく、さまざまな事情がわかっていたのだろう。

「心配するなよ。例の件も、部長に伝えるから」

そう返した僕の声も、どこか不安げだった気がする。

今となっては、暁子の心配も僕の不安もまったくの杞憂《きゆう》だった。一刻も早く、暁子に今夜の会談の一部始終を報告し、安心させてやりたい。

だが案の定、暁子の携帯電話は留守番伝言サービスにつながった。

「あ、もしもし、暁ちゃん。僕ですけど。万事うまく行ったよ。大成功。エブリシングズ、オーケイです。だから、安心して。これ聞いたら一応、連絡くれますか。待ってます。じゃあまたあとでね」

思わず知らず、弾んだ声になっていた。

携帯電話を閉じた瞬間、馬鹿みたいだな、と苦笑いをした。いい年をして、まるで高校生みたいに浮き浮きしている。そう、半分あきらめかけていた東京の私立大学の補欠試験に、辛うじて合格できたあの時みたいに。断られることを承知で、清水の舞台から飛び降りるような覚悟で「僕と付き合ってもらえませんか？

結婚を前提にして」と、携帯メールで申し込んだ直後に、暁子からあっさりと「イエス、オブコース」と、折り返しメールで返事をもらった時のように。

階段を降りていく歩調がスキップのようになっていた。

暁ちゃん、僕、生き残れたよ。

この会社で、ちゃんと。

だから、心配しないで。

僕らの未来は、明るいよ。

つぶやく言葉も、スキップしていた。

僕にとっては、高校時代の初恋に次ぐ人生二番目の本気の恋で、暁子は僕の人生において、もっとも大切な人だと位置づけてきた。だから、大切に、大切に、真面目に真剣に付き合ってきた。結婚を前提にした交際を申し込んで、イエスをもらってから、キスをして、抱いた。あくまでも、結婚の約束が先だと思っていた。抱くのはそのあと。遊びじゃないんだと証明したかった。そうしないでは、いられなかった。避妊にも、神経質なくらい、気をつかってきた。結婚前に妊娠させるなんて、そんなこと、絶対にできないと思っていた。

初めて体を重ねた夜、

「ずいぶん真面目なのね、俊介くんって。定石《じょうせき》通りって感じで」

ベッドの上で、暁子は半分あきれ、半分感心していた。

けれど、何度目かの逢瀬の夜、

「こんなに感じたのは初めてよ。きっと、俊介くんの真面目なやり方のせいね」

目尻にうれし涙を滲《にじ》ませて「嬉しい」と何度も囁《ささや》きながら、僕の胸にしがみついてきてくれたこともあった。

「眠っちゃいや、朝までして。もっと」

甘えた声でせがみながら、僕の背中に爪を立ててくれたことも。

この半年あまり、週末ごとに暁子のアパートで重ねてきた、いくつもの熱い夜のことを思い出しながら、僕は満員電車のつり革に掴まって、ゆるやかな波のように寄せては返す記憶と欲望に身を任せていた。

どこかで一杯、飲んでから、帰ろう。

いや、帰るのではなくて、暁子の部屋へ行こう。

これまで一度もしたことがなかった「予定変更」をする気になったのは、やはり僕の気持ちが弾み、ねじがゆるんでいたせいだろう。

意気ようようと、新宿御苑前駅で、電車を降りた。

金曜の夜だ。本来なら新宿まで乗っていき、そこで私鉄に乗り換えて、自分のアパートに戻るべきだけれど、今夜は思い切って、そんな習慣を破ってやろう。

新宿御苑前駅から暁子のアパートまでは、歩いて十五分ほどで行ける。

土曜日が来るたびに、僕は彼女のアパートを訪ねて泊まらせてもらってきたけれど、日曜の夜には律儀に自分のアパートに帰っていたし、平日には、訪ねることも、泊まることもしなかった。会社の人たちに、ふたりの関係を気取《けど》られるのはまずいと思っていたし、そういう努力をすることが暁子に対する礼儀であり、敬意の表明でもあると思ってきた。

しかし暁子には、それが不満に思えたことも、あったのかもしれない。

日曜の夕暮れ時、

「帰らないで。寂しいの。今夜も泊まっていって。お願い」

泣きながら、訴えられた夜もある。

「月曜の朝、ここから一緒に会社に行けばいいじゃない」

　僕が首を横に振ると、暁子は、

「あーあ、つまんない。真面目過ぎる。真面目な人、嫌い」

と、ふくれっ面をして見せた。可愛かった。年上の女のなかに棲んでいる少女というのは、なんて可愛いんだろうと、僕は思ったものだった。

「一緒に暮らさない？」

　という暁子の誘いを、

「結婚して、きちんとけじめをつけてから」

と、僕は退《しりぞ》けてきた。アパートの合い鍵も、だから受け取らなかった。ずるずるした関係はよくないと思っていた。それに、暁子が付き合ってきた「今までの男とは違う」という心意気を、身をもって示したかった。

だけどもう、こんな生活も終わりだ。ご両親への報告を済ませてからは、正々堂々と一緒に暮らせる。

　新宿御苑前駅の改札から地上に出たところで、僕は夜空を見上げた。見上げながら、大きな伸びをひとつ、した。街の明かりのせいか、スモッグのせいか、ビルに切り取られた空には、星も月もなかった。けれども僕の、いや、僕たちの未来には、明るい希望の光が煌々《こうこう》と輝いているのだと思った。

「もしもし、暁ちゃん、ふたたび僕です。このメッセージを聞いたら至急ご連絡を」

わざと深刻な口調で、録音しておいた。

「話があります。重要な案件です。ではまたのちほど」

驚かせてやろうと思った。折り返しかかってきた電話で「今、御苑前だよ」と伝えたら、暁子はどんなに喜ぶだろう。「今から会おう」と、強引に誘ったら。

そう、強引に。

「俊ちゃんは、予定変更というものをしないのよね。寄り道も道草もなしなのね」

「そんなんじゃ、人生に驚きがなくて、退屈じゃない？」

「もっと強引にして。真面目ばかりじゃいや」

暁子の言葉を思い出していると、心の留め金はさらにゆるみ、体の中心がさらに固く、熱くなっていくのがわかった。

今夜は、朝まで眠らせてやらないぞ、と気合いを入れた。早く抱きたい。乱れさせてやる、めちゃくちゃに。今夜こそ、暁子が望んでいたこと、ずっと望んでいたのに、してやれなかったことをしてやろう。不真面目に。これでもか、これでもかと。

真面目な男は今夜で返上だ。

暁子からの連絡を待つために、どこか落ち着ける店を探そうと思い、駅からアパートまでの通い慣れた道ではなくて、一本だけ脇に逸《そ》れた道に入ってみた。たった一本、逸れただけで、同じ街の風景というのは、こんなにも変化するものなのかと感心した。

ぽつぽつと明かりの灯った民家も、なんの変哲もない電信柱も、どこにでもあるようなコンビニエンスストアや、シャッターを下ろした商店、葉っぱを落とした並木でさえも、旅先で目にする光景のように、新鮮で珍しいもののような気がする。

しばらく歩いているうちに、真新しいタイル貼りの細長い雑居ビルが見えてきた。タイルの色は銀色に近い白で、それが夜の闇に映《は》えて、ぴかぴか輝いている。

まるで僕と暁子の前途を象徴しているかのように。

吸い寄せられるようにして、僕はそのビルに向かって歩いていった。

一階の入り口近くに、乳色の明かりの灯った正方形の看板。小じゃれたデザイン。小じゃれた文字。「バー🐾迷子の仔猫」――「バー」と「迷子の仔猫」のあいだには、猫の肉球が描かれている。

おお、見つけたぞ、迷子の仔猫くん、と、思った。

バーなんて、ひとりで入ることは滅多になかった。いや、一度もなかったかもしれない。これまで、ひとりで入るとすれば、せいぜい安酒を飲ませる居酒屋か、誰になんの気もつかわなくていい大衆食堂だった。バーなんて、柄《がら》じゃないと思ってきた。けれど、今夜の僕は違う。

迷うことなく、ガラスのドアを押して、バーのなかに入った。

仔猫という名にふさわしい、こぢんまりとしたスペース。三人しか座れないカウンター席のほかに、六人ほど座れるボックス席がひとつ。

ちょうど僕と入れ替わりに、ビジネスマンの集団が店を出ていこうとしているところだった。

「お疲れさまでした」

「ああ、お疲れ。今年もよろしく頼むよ」

「こちらこそ。みんなで力を合わせて全力疾走で突っ走りましょう」

「それじゃあ、これで」

「はい、お気をつけて」

「失礼します」

「失礼します」

そんな会話が交わされている。

バーテンダーは「どうぞどうぞ」と僕に目配せをしながら、あっという間にテーブルを片づけ、ボックス席に腰掛けるよう促した。喧噪《けんそう》がものの一分で静寂《せいじゃく》に変わり、静寂の底を這うようにして、古いジャズが流れ始めた。

「いいんですか？　ひとりなんですけど」

「どうかご遠慮なく。さあ、どうぞ」

なめらかな声。プロフェッショナルな笑顔。犬にたとえるなら、ボーダーコリーのような顔つき。髪の毛をオールバックにして、モノクロでまとめた制服姿が板につき過ぎるほどついているバーテンダーの年齢は不詳。

「何を差し上げましょう」

水割りを、と言いかけて、口を噤《つぐ》んだ。こういう場ではきっと、ウイスキーならウイスキーの、バーボンならバーボンの、具体的な銘柄を指定しないといけないはずだ。ええっと、何があったっけ。とっさに思い浮かべることができず、口ごもっている僕の目に、テーブルの端に立てて置かれた、小さなメニューが留まった。

手に取り上げて見ると、そこには、こんな文章が綴《つづ》られていた。

あなたの未来を占うカクテル
お創り致します
百発百中
当たるも八卦、当たらぬも八卦

はずれた場合、お代は
お返し致します

なんだ、面白そうじゃないかと思った。

ふだんなら、こういう類《たぐい》のものは無視するのが習い性のようになっていた。今は違う。今の僕には、こういう不真面目なものを楽しめる心の余裕がある。自信もある。男としての。未来もある。暁子とふたりで歩いてゆく。

「じゃあ、この未来を占うというカクテルをお願いしようかな」

「はい、承知致しました」

バーテンダーは、蝶《ちょう》のようにひらりとテーブルのそばから離れ、カウンターの向こう側できびきびと立ち働いたあと、僕に横顔を見せる格好で立ち、意を決したようにシェイカーを振り始めた。両腕で菱形をつくって、巧みに伸縮させながら。見事な手さばきだと思った。シェイカーのなかに棲んでいる生き物を操って、踊らせているかのように見える。

それから、カウンターの上にカクテルグラスを置いて、息を詰めるようにして酒を注いだあと、最後に素早く何かを一滴だけ加えてから、僕の目の前のテーブルまで運んできた。

冷たいガラスのテーブルに、カチッ、とグラスの底のあたる音。まるで、鍵穴に鍵がささったような。

「さ、どうぞ」

黄色い光が一条、滲んでいるように見える仄赤《ほのあか》い液体。

ひと口飲んで、僕は思わず上半身をくねらせてしまった。

「はぁぁぁっ」

深いため息が漏れた。感嘆のため息だ。やられた、と思った。ぐいっと飲んだ。まるでカクテルに踊らされるように、ぐいっ、ぐいっ、ぐいっと飲んで、あとはそのまま一気に飲み干した。脳味噌の一部が蕩《とろ》けてしまったような気がする。カクテルなんて、女・子どもの飲み物だと内心、馬鹿にしてきたけれど、これはまさに芸術品と言っても過言ではないような逸品じゃないか。ワインなんか、足もとにも及ばないぞ。

「あの、これは……」

「はい、ゴールデン・ドーンと言います。黄金の夜明け、という名のカクテルです」

わかる人にはわかるんだな、と、僕はほくそ笑んだ。

「なるほど。黄金の夜明けですか。それが僕の未来なんですね」

その問いかけにバーテンダーは答えず、代わりに淡々と、酒の説明をした。

「ジンをベースにし、アプリコットブランデーとオレンジジュースを加えてございます。三〇年代には、食前酒として好まれていたらしいのですが、その頃はカルバドスも加えられていたようです。お客様には、カルバドスは抜きでおつくり致しました」

「最後のあの一滴は」

「グレナディンです」

「あの一滴が朝焼けの空に滲んで、夜明けの光になる、というわけですね？　すごいなぁ。カクテルって、奥が深いんですね。味だけじゃなくて、視覚的にも意味的にも素晴らしい。知らなかった、こんな世界があったなんて」

しみじみそう言うと、バーテンダーは優しげな笑みを浮かべてうなずいた。

「もう一杯、いかがです」

「ええ、ぜひ」

何度もお代わりをした。その数は、数えていないし、覚えていない。これも、ふだんは絶対にしないことだった。自分の限度の三杯ほど手前で止めておくのが、僕なりの飲み方だった。そんなくそ真面目は、くそくらえだと思った。気分がよかった。夢見心地だった。杯を重ねれば重ねるほど、黄金は深まり、幸せの味は五臓六腑《ごぞうろっぷ》に染み渡った。それはそのまま「暁子の味」でもあった。暁子の流す歓喜の涙、汗、体液、せつない吐息の味。

どれくらい、飲みつづけていただろう。

壁に掛かった時計の針は、十時五分を指していた。

暁子からの電話はまだ、かかってこない。

「ええっと、あのぉ……」

お手洗いは、どこですか。

僕が問うよりも先に、バーテンダーが教えてくれた。

「こちらです。こちらへどうぞ。このドアの向こうです」

そう言いながら、バーテンダーは僕を、カウンターの背後にある飾り棚の前まで導いていった。

「えっ？　これがドア」

「そうです。ここをこうして、押してみて下さい」

いわゆる「隠しドア」という奴だ。本物の酒瓶の並んでいる棚のつづきにある、一見するとごく普通の飾り棚に見える棚。オルゴール、宝石箱、ランプ、仔猫の置物などが飾られている。実はそれは、巧妙に描かれた一枚の絵であり、ドアでもあるというわけだ。

促されるまま、隠しドアを押してバーの外に出ると、心なしか、ひんやりとした空気が流れていた。左手には洗面所のドアがあり、右手にはまた別のドアがあって、その向こう側では、何らかのイベント、あるいは、パーティか何かが催されているような気配があった。ドアの先には小さな会場か、多目的ホールでも広がっているのだろうか。

用を足したあと、バーに戻る前に、ふとその会場を覗いてみたくなったのは、なぜだったのか。たぶん、ドア越しに伝わってくる、なんとはなしに華やいだ、ざわめき、ピアノの生演奏、拍手、小さな歓声、笑い声。そのようなものに、心を誘《いざな》われたのだろう。

音を立てないよう注意しながらノブを回し、人さし指と中指でそっと押すようにしてあけたドアの、わずかな隙間《すきま》からなかを盗み見てみると、想像した通り、そこではウェディングパーティのようなものが開かれていた。時刻から察するに、これは二次会だろう。結婚披露だとわかったのは、最前列の丸テーブルに、花嫁とおぼしき女性のうしろ姿があったから。背中が大きくVの字に開いた、純白のドレスに身を包んでいる。花婿の姿は、ない。今は席を外しているところなのか。花嫁は、自分の前に立っている誰かと談笑している。その人物が、営業部の統括部長に見えてしまったのは、飲み過ぎた酒のせいに違いない。

静かにドアを閉じようとした時、花嫁がゆっくりとこちらに向き直った。

その顔を目にした瞬間、僕は、のけぞるような格好で仰向けにひっくり返り、床の上に尻餅をついてしまった。

「うあああっ」

すっ頓狂な声が出た。

どういうことなんだ、なんなんだ、これは——。

あんぐりあいた口が塞《ふさ》がらない。文字通り、僕の顔はそんな様相を呈していたと思う。頬をつねってみた。痛い。もっと強くぎゅっと。痛い！　間違いない。夢じゃない。立とうと思うのだけれど、立てない。やっとのことで、四つん這いになると、僕はもう一度ドアを開いて、なかの様子を見てみた。目を凝《こ》らして、見た。何度も確かめた。間違いない。花嫁姿の女性は、暁子だった。暁子だ。暁子がそこにいる。

暁ちゃん、どうして、こんなところにいるんだ。

こんなところで、そんな姿で、何をしているんだ。

飲み過ぎたんだと思った。飲み過ぎて、悪い夢を見ているんだ。そうに違いない。早くここから去っていかねば。早くこのドアを閉め、同じ手で、もう一枚のドアをあけ、もといたバーに戻らなくては。一刻も早く、現実に戻らなくては。

そこまで思ってから、

「待てよ」

僕はつぶやいた。

僕がしこたま飲んだのは、未来を占うカクテルだった。そうなのだ。だからこれは、僕の未来。黄金の夜明け。これは、僕らの結婚式なのだ。僕はそれを先取りして、こうして見せてもらっているのだ。うん、なるほど、なるほど、そういうことだったのか。

納得するのとほぼ同時に、会場の奥の方から、花婿と思《おぼ》しき男が姿を現した。それは僕であるはずだった。どんな顔をして、僕はこの会場に現れるのか。期待に胸を震わせ、目をこすりながら、視線で男の姿を追いかけた。颯爽《さっそう》と会場に現れ、暁子の隣に座って、暁子の頰に口づけた、その男の顔を目にした瞬間、僕の体が宙を舞うのがわかった。いや、実際のところ、宙を舞ったのは体ではなくて、心の方だった。ショックのあまり、心が体から飛び出したような気がした。

男は、僕ではなかった。だが、僕の知っている男だ。

あいつは――

あいつは――

あいつは――

あまりのショックで、名前がすぐに出てこい。

「あ、あわ、あわ、あわ……」

金魚みたいに、僕は口をぱくぱくさせている。

「あわ……」

淡路《あわじ》だった。淡路浩二。昨年、中途採用で入社したばかりの営業部員だ。年齢は二十五か六。不真面目で、軽薄で、遊び人で、いつも女の子のお尻ばかり追いかけている。ちゃらちゃらした奴だ。不埒《ふらち》な奴だ。いかにして、仕事を上手にサボるか、いかにして、上司のご機嫌を取るか、それればかりを追求していて、にもかかわらず、営業成績だけは妙にいい。要領のいい男なのだ。得意先の女の子と寝れば、寝た回数分だけ、注文が取れると考えている。そういう奴だ。

淡路が暁子と？　暁子が淡路と？

どうしてなんだ。どうして、淡路なんだ。

これが僕の未来なのか？　黄金は、滅びの色だったのか。

へなへなと腰から崩れて、ふたたび床の上にしゃがみ込んだ僕のズボンのポケットのなかで、携帯電話が鳴り始めた。

暁子からだった。

「もしもし、俊介？　あたしです。メッセージ、たった今、聞きました。今どこなの」

救われた、と、思った。暁子の声が僕を、悪夢から解放してくれた。現実に戻らせてくれた。左手で携帯電話を握りしめ、右手で壁に手をついて、なんとか立ち上がると、僕は努めて明るい声を出した。

「ああ、暁ちゃん。よかった。電話もらえて。今、御苑の駅前のバーにいるんだけど」

僕の言葉を遮《さえぎ》るようにして、暁子が言った。

「あのね。突然なんだけど、今夜、会えるかな？　できれば今から？　無理かな」

以心伝心だと思った。胸を張って、僕は答えた。

「無理なもんか。もちろんだよ。今から会おう。僕もそのつもりで来てるんだ。それより暁ちゃんは今どこ？　部屋？　部屋なら、僕、今からすぐにそっちに行くよ。待っててくれる」

　息せき切った僕とは対照的な、ひどく落ち着いた声が耳に流れ込んできた。

「あのね、俊介。驚かないで、聞いて欲しいんだけど、今からあたしが言うこと、しっかり聞いてくれる」

「うん」

「今夜は、あたしの部屋じゃなくて、できればどこか、外で会いたいの」

　嫌な予感が胸をよぎった。「嫌な」としか言いようのない、いやーな予感だ。冷や汗が脇の下から脇腹へ、伝っていく。

「待って。話って、何？　電話で先にちょっとだけ、聞かせてもらえないかな」

　平静を装って、そう言ってみた。鎌を掛けるつもりは毛頭なかった。そんなことができるたちじゃないのだ。

「……会ってから、話す」

「なぜ」

「なぜって、電話で済ませられるようなことじゃないと思うから」

心臓がびゅんびゅん音を立てて、暴れ始めていた。

「わからないな。言いたいことがあるなら、はっきり言ってくれよ。これって、別れ話、なのか？　まさか、そんなんじゃないよね」

すがるような言い方に、なっていたかもしれない。あわてて、言い直した。

「わかった。じゃあ、どこで会う？　おなか、空いてるか」

それでもまだ、媚《こ》びるような口調が拭《ぬぐ》い去れない。

切り捨てるように、暁子が言った。

「やっぱり、電話で話そう」

「いや、会おう。会ってくれよ」

意に反して、さらに哀れな男の声になってしまった。

「あーあ。なんだか、話すのも面倒になってきた。ごめん、でも今から話す。その方が話が早いし、傷も浅くて済むでしょう」

ひと呼吸だけ置いてから、まだ落ち切っていない砂時計をひっくり返すようにして、暁子は告げた。

「嘘ついて、ごめん。今夜ね、あたし、淡路くんと会ってたの。結論から言うと、あたしたち、結婚することにしました。ごめんね。たった一度だけ。たった一度だけの過ちだったの。酔った勢いで、淡路くんと。でも、赤ん坊ができちゃったのね。あたし、アラフォーだし、もう、あとがないと思って。それで……許してね、俊介。俊介のこと、嫌いになったわけじゃないの。でも、ずっと寂しかったの。俊介は真面目過ぎて、あたしの気持ちが理解できなかったのよね」

そこで、電話が切れた。

暁子が切ったのか、僕が切ったのか、僕にはわからなかった。

酔いはすっかり醒めていた。頭は冴え渡り、神経は針金のようにとんがって、凍りついている。手足の先が冷たく、全身から次第に、生気が抜けていくのがわかる。胸が痛い。痛みに殺されてしまいそうだ。

暁子はよく、泣きながら、僕に抱きついてきた。アパートの玄関のドアの前で。「帰らないで、朝までいて」と。確かに、僕には理解できなかった。

「ずるずるべったりなんて、僕は嫌なんだ」

言いながら、ドアをぴしゃりと閉めた。暁子の目の前で。

今、僕の目の前に、一枚のドアがある。その向こうで、ついさっきまで僕は「黄金の夜明け」に酔っていた。テーブルの上にはまだ半分ほど、飲み干されていない夜明けの光が残っているはずだ。未来はきっと、このドアの向こうにある。夜明けは、誰のもとにもやってくる。けれど、僕にはもう、たった一枚のうすいドアをあける力さえ、残っていないのだった。

シーツとシーツのあいだ

Between the Sheets

Brandy
White Rum
Cointreau
Lemon Juice

ここは、どこ。

わたしはなぜ、こんなところに立っている？

気がついたら、見知らぬ街の路地裏に、ひとりでぽつんと佇《たたず》んでいた。

通りはうす暗く、ぼんやりとした街灯の明かりは、今にもすうっと消えてしまいそうだ。家並みも生け垣も電柱も、まるでわたしを拒否しているかのように押し黙っている。人影は、まったくない。師走《しわす》の風はきりきりと冷たく、吐く息は白く、夜空からは時折、漆黒《しっこく》の闇に無数の斜線を引くようにして、氷雨《ひさめ》が降ってくる。

背中にぶるっと震えが来た。底冷えのする真冬の夜だというのに、わたしは、コットンの部屋着の上に薄手のコートを羽織っているだけだ。思わず、両手でコートの襟《えり》を摑《つか》んで、掻《か》き合わせた。ブーツのなかでは、素足の指先が十本、かじかんでいるのがわかる。おまけに髪の毛は洗い髪。

思い出した。

わたしは頭からシャワーをざーざー浴びたあと、濡れた髪を乾かしもしないで、そのへんに落ちているものを身に着け、あわてて外に飛び出してきたのだった。

でも、なぜ。

どうして、そんなことを。

わたしはどこへ行くために、いったいなんのために、部屋をあとにしてきたのか。

今、何時なんだろう。

真夜中には違いないと思うけれど。

左手でコートの襟もとを押さえたまま、右手をコートのポケットに突っ込んでみた。そこに、財布と携帯電話くらいは入っているはずだと思って。

何か冷たい物が手に触れた。

取り出して、目にすると同時に、わたしは「あっ」と小さく叫んでしまった。

ナイフだった。

臙脂《えんじ》の地に白いロゴマークの入った、スイス製のアーミーナイフ。

こんな夜更けに、ナイフを携えて、わたしはどこへ行こうとしていたのか。

訝《いぶか》りながら、ナイフをポケットに仕舞って、歩き始めた。

迷路のような路地裏だった。

どっちの方向へ進んだらいいのか、皆目わからない。曲がり角にぶつかるたびに「さっきの曲がり角に似ている」と思ったり、何度かデッドエンドに突き当たって、引き返したりしながらも、ひたすら歩きつづけた。

そうこうしているうちに、なんとか、一方通行の車道まで出ることができた。

廃屋や空き地の目立つ、深閑とした通りだけれど、この道をまっすぐに歩いていけば、いつかは幹線道路か大きな通りに出られるだろう。そこにはきっと、町名の入った道標があり、交番や電車の駅や二十四時間営業のコンビニエンスストアもあるかもしれない。居場所を確認し、タクシーを拾おう。

だけどそのあと、運転手に、行き先をなんと告げたらいい？

わたしは、どこへ帰ればいい？

わからない。

わからないまま、歩きつづけた。

どれくらい歩いただろうか。

果てしない距離を歩き、途方もない時間が流れた。わたしには、そう感じられた。けれど、まだ、どこにもたどり着けない。それどころか、わたしの帰るべき場所から、かえって遠ざかっているような気さえする。

まとわりついてくるような寒さのせいか、歩いても、歩いても、体はあたたまらず、鼻水とくしゃみで顔は汚れ、髪の毛は凍りついて針金のようになり、両手両足は冷えを通り越して、すっかり痺《しび》れてしまっている。頭が痛い。頭の芯が痛い。胸が痛い。胸の奥が痛い。背中も肩も腕も痛い。

ああ、もう駄目。

もうこれ以上、一歩も歩けない。

今にも倒れそうになっている体を支えようとして、すぐそばにあったブロック塀に手をついた、次の瞬間、わたしの視界の片すみに、ぽつん、と灯っている明かりが飛び込んできた。瞬《まばた》きをすると、消えてしまいそうな気がして、わたしは大きくまぶたを開いたまま、その光を凝視した。間違いない。それは、遠目にも、明らかに営業中であるとわかる、お店の看板だった。

助かった。

気力を振り絞って、店の前まで行き着いた。シャッターを下ろした不動産屋と人気《ひとけ》のない民家に挟まれて、三階建ての古いビルの一階に、店はあった。電光で照らし出されている看板には、美しくデザインされた文字で店名が記されている。

「まいごの子猫」――。

バーのようだった。

重厚な木のドアには、黒猫の姿が浮かび上がって見えるステンドグラスの飾り窓がついている。そのドアを押す前に、わたしは身なりと顔と髪の毛を、手のひらと指で整えた。「おかしな女」と、思われたくなかった。とりあえずこのバーに入って、お客として上品にふるまいながら、事情を説明し、それからお店の人に頼んで電話を借りて――

「いらっしゃいませ」

ドアをあけて、なかに入ると同時に、すらっと背の高い女性バーテンダーが笑顔でわたしを迎えてくれた。大輪の白百合《しらゆり》のような人。

「お邪魔します」

わたしも笑顔を返した。生き返った心地がした。店内に満ちている、ビロードのような肌触りの空気。春風のようにわたしの頰をくすぐっていく、人々の笑い声やしゃべり声。ドア一枚を隔てて、向こう側とこっち側には、別世界が広がっていたのだと思った。

六人掛けのカウンター席のほかに、ボックス席がふたつしかない。いかにもアットホームという言葉が似合いそうな、こぢんまりとした空間。手前のボックス席では丸いテーブル越しに恋人たちが見つめ合い、奥の席ではビジネスマンたちが数人、ネクタイをゆるめて、なごやかに談笑している。

「さ、どうぞ」

バーテンダーがカウンターの右端に空いていた席に視線を伸ばしながら、そこに腰掛けるよう、すすめてくれた。カウンターの左端では、ひと組のカップルが肩を寄せ合って、二羽の小鳥がさえずるように会話を交わしている。

「ブランデーを」

迷うことなく、注文した。ひとまず、冷え切った体をあたためたかった。

「承りました」

葡萄《ぶどう》の蔓《つる》と葉っぱの模様が刻まれた優美なグラスに、黄金《きん》色のお酒が静かに注がれた。干からびた植物に水をやるようにして飲み干したあと、壁に立て掛けられていた、真四角の木の額に入ったカクテルメニューを手に取り、眺めてみた。上から順にざっと目を通しているうちに、欄外に細かい文字で、こんな文面が記されているのに気づいた。

あなたの願いを叶えるカクテル、おつくり致します
ご希望の方は、ご遠慮なくお申し付け下さいませ

「あの……」

考えるよりも、迷うよりも先に、わたしは声をかけていた。カウンターのなかで立ち働いているバーテンダーの、凛《りん》とした背に。

「この、願いをかなえてくれるというカクテル、お願いできますか」

振り返って、彼女は答えた。真紅の薔薇《ばら》のような笑みをたたえて。

「かしこまりました。では、その前に」

そう言ったあと、バーテンダーはほんの束の間、わたしの顔を見つめた。鋭いまなざしで見据えたまま、言葉をつづけた。

「お客様のお望みのことを、ひとつだけ、胸の内で強く、念じてみて下さい。それが私に伝わってきましてから……選んで差し上げます」

半信半疑で、わたしは彼女の顔を見つめ返した。

わたしの願いがあなたに伝わるように。

「念じるだけで、いいんですか」

「はい。お客様の心から直接、私の心に語りかけてみて下さい」

「ひとつだけ」

「ええ、たったひとつだけ」

そう言われた瞬間、わたしはまるで、それまで気を失っていた人が突然よみがえったかのように、彼のことを思い出した。どうして今まで、忘れていたのか。わたしの大切な人のことを。命よりも大切な、その人のことを。

言われた通りに、強く、念じてみた。わたしの願いが目の前の人に伝わるように。

守男さんに、会わせて下さい。

会いたいんです。会いたい、会いたい、会いたい。守男さんに、会いたい。今すぐ会いたい。いつでも会いたい。もう片時も、離れ離れでいたくない。わたしの望みは、それしかない。わたしの望みはひとつだけ。守男さんに会わせて。守男さんに会いたい。お願い、守男さんに会わせて。今、どこにいるの？　守男さん、ここに来て。迎えに来て。わたしのそばに戻ってきて。

守男さん、守男さん、守男さん——

それは、どこにでも転がっているような出会いだった。

同時にそれは、奇跡的で、非凡で、比類なき出会いでもあった。

忘れもしない、三年前のちょうど今頃。わたしの勤めているハイテク機器メーカーが毎年の暮れに、主要な取引先の人たちを招待して催しているパーティの会場で、先輩社員から紹介されて、わたしは初めて守男さんと、言葉を交わした。

「こちら、後輩の芝田紗香《さやか》。ええっと、芝田さん、彼はね、僕の一年後輩の永瀬守男。大学時代の通称は、灯台守。図体がでかくて、明るいのが取り柄だから」

「こんばんは、初めまして」

「ああ、どうも。灯台守・永瀬です」

先輩と守男さんとわたしは、同じ大学の同じ学部の出身で、先輩はわたしよりも五つ年上、守男さんは四つ年上。だから、入学と卒業は「回転ドアみたいに」——と、守男さんは言った——入れ違いだった。でも話しているうちに、守男さんとわたしは、同じ教授の同じゼミを受講していたということがわかった。

「ニアミスでしたね」

くすくす笑いながらわたしが言うと、守男さんは真顔で言った。

「まったくもって、大失態だった。こんなことなら俺、あの教授のゼミの単位を落として、再履修すればよかった。一年留年するべきだった。そうしたらもっと早く、会えてたじゃないですか」

すぐあとで、守男さんと付き合うようになってから、わたしもよく、同じことを思ったものだった。もっと早く会いたかった。守男さんが奥さんと知り合って結婚する前に、出会えていたら、と。もっとも、そんな思いは、守男さんと結ばれたあと、どこかへ霧散してしまうことになるのだけれど。

「それでも、こうして会えたんだから、まあよしとしよう」

守男さんは自分に言い聞かせるようにそう言って、わたしの顔を見た。「ね、きみの方はどう？　きみもそう思う」と、問いかけているような瞳で。

「はい、よかったです……巡り会えて」

わたしはつぶやくように、はにかみがちに、今にも消え入りそうな答えを返した。けれど、気持ちは今にも胸のなかからあふれ、皮膚を突き破り、外に流れ出してしまいそうな勢いだった。出会ったばかりだというのに。

先輩がその場を離れたあと、ほんの数分ほど、立ち話をしていた。そのあいだに、わたしたちはすっかり垣根を取り払って、まるで昔からの知り合いのように打ち解けていた。

「ところで、ひとつ訊《き》いていいですか？　芝田さんの趣味って、なんなんですか」

「あの、ちょっと変わってるんですけど、驚かないで下さいますか。山歩きなんですけど」

「えっ、ほんと？　俺、高校、大学とずっと山岳部だったんだよ」

「あ、でも、誤解しないで下さい。わたしの方は、登山じゃないですから。ピクニックか、せいぜいハイキングが関の山ってところです」

「いいねえ、ハイキング。今度ぜひ一緒に。誘っていいですか」

「もちろんです」

そう答えながら、守男さんの顔を見上げていたわたしの目はきっと、潤んでいたはずだ。

それくらい、嬉しかった。

やっと、巡り会えた。そう確信していた。やっと巡り会えた、わたしの探していた人に。わたしの片割れ。双子の愛人。似た者同士。背中のくっついた、二匹の魚。

交換した名刺の裏に携帯メールのアドレスを記し合って、互いに、会場の人混みのなかに紛れていったけれど、五分後に、メールが届いた。わたしもすぐに返信した。パーティ会場のなかで、二十通くらい立てつづけに、メールを送り合った記憶がある。「またすぐに会いたいね」「わたしも」「あした、会おうか」「はい」「それともこのあと、どこかで会う？　出てこられる」「行きます」——

翌年の春、わたしは人事異動によって、広報事業部から、庶務課の受付に回されることになった。大学を卒業したあと六年間、勤めてきた会社から「いつでも辞めていいよ」と、宣告されたようなものだった。

異動の理由は、あまりにもありきたりなもので、思い出すと哀しくなって、泣きたくなる、というよりもむしろ、笑いたくなってしまうのだけれど、新しく上司となった人から受けたセクシャルハラスメントに対して、わたしが毅然《きぜん》とした拒否の態度を取ったせいだった。

セクシャルハラスメントには、慣れていた、と言ってもいい。幾度も経験したことがあった。だから撥《は》ねつける方法も、いくつも心得ていた。幼い頃、いわゆる「美少女」だったわたしは、さんざん、つらい目や恐ろしい目に遭ってきた。小学生時代から、自分が、自分の体が、教師や塾の先生や見知らぬ男性の性的な欲望の対象になっている、ということを、はっきりと自覚していた。中学生時代には、母の再婚相手から、レイプされそうになったことさえある。だから、わたしはひたすら自分のまわりに、自己防衛のための城壁を高く、ぶあつく築き上げ、常に「女らしからぬ女」「男にはまったく興味のない女」を演じつづけるようになった。休日には、ひとりで山歩きをするのが好きになったのも、そのせいだ。

会社に入ってからも、できるだけ地味に、目立たないように、ふるまってきた。誘われても、交際を申し込まれても、誰とも付き合わなかった。守男さんに出会うまで、だからわたしはバージンだった。開くことのない、つぼみのようだった。けれど、守男さんと付き合い始めてから、わたしの性格にも生活にも、人生にも未来にも、明るい陽の光が燦々《さんさん》と射し込むようになった。

九時から五時まで、受付デスクの前に座って、電話に出たり、お辞儀をしたりしているだけの仕事でも、わたしは退屈だとは思わなかったし、心のなかはいつも満たされていた。嫌なことがあっても、落ち込んだりしなくなった。わたしには、守男さんがついていてくれているのだから。

友だちや会社の人からも、よく言われるようになった。

「女らしくなったね」

「表情がソフトになったね」

「好きな人でも、できたの」

「どんな人」

守男さんは、優しかった。

優しくて、強い人。

デートを重ね、ホテルでの逢瀬をくり返したあと、わたしの部屋で食事をしたり、泊まっていったりするようになるまで、それほど時間はかからなかった。

ベッドのなかでも、守男さんは、優しくて、強かった。ふんわりと、わたしの体を包み込み、まるで壊れ物を扱うようにして、丁寧に、大切に、たっぷりと慈しんだあと、突然、豹変して、激しく責め立てる。

わたしという鋳型に流れ込んでくるような、守男さんの優しさと強さ。それが、出会った時、自分の片割れを見つけた、と感じた所以《ゆえん》だったのかもしれない。つまり、わたしたちの体はそれぞれ、相手にとってその一部だった、ということなのだろう。守男さんが灯台なら、わたしはその明かりで、守男さんが明かりなら、わたしは光に照らし出される海路。守男さんのしたいことがわたしのされたいことで、わたしのしてあげたいことが守男さんのしてもらいたいこと。心でも、体でも、深い部分で、しっかりと結ばれているという実感があった。文字通り、わたしたちは一心同体だった。

幸せだった。

守男さんのそばにいられるだけで。

守男さんのすべてが好き。細胞のひとひら、ひとひらが。皮膚の外側も内側も。ベッドの外での顔も、なかでの顔も。辣腕《らつわん》営業マンとしての業績も、それとは対照的な、出身地の高知の片田舎を彷彿《ほうふつ》させるような朴訥《ぼくとつ》とした性格も、頼りがいのあるところも、甘えん坊なところも。たったひとつの例外もなく、長所も短所も、すべてが好き。言ってしまえば、守男さんに奥さんがいて、子どもがいることさえ、わたしには好もしいのだった。守男さんには、幸せな家庭を持っていて欲しい。わたしはその陰で、ただ守男さんを愛し、愛され、全身全霊で尽くせたら、それでいい。

これを愛と呼ばずして、いったい何を愛と呼ぶ。

いったい誰に、わたしの生き方を、咎《とが》め立てすることができる。

わたしは生涯を通して、たったひとり、守男さんという人だけを愛し抜いていこうと思っている。なんの見返りも求めてはいない。愛するという無償の行為だけに、わたしは徹していく。それのどこが悪い。それのどこが不毛だと言いたい？　わたし以上に、聖《きよ》らかな愛を生きている女がいたら、わたしはその人の顔を見てみたい――

どれくらいの時間、わたしは強く、強く、念じつづけていたのだろう。

守男さんに会わせて下さい、と。

「お待たせ致しました。どうぞ」

ほっそりとして、形のよい指——きっと、指先にまで繊細な神経が宿っているのだろう——で、バーテンダーがわたしの目の前にカクテルグラスをすーっと押し出した。グラスのなかには、うすく雲のかかった満月のような色の液体が入っている。

ひと口だけ飲んで、わたしは彼女にたずねてみた。脳髄に染み込むような、ほのかに甘い汗の混じった、香水みたいな味と香り。

「これは」

「一九三〇年代に考案されたというカクテルです。ベースはブランデー、そこにコアントローと軽めのラム酒と、フレッシュなレモンを搾《しぼ》って、加えてございます。ビトウィン・ザ・シーツと言います」

「シーツとシーツのあいだ」

「そんな名になりますか」

「これを飲むと、わたしの願いが叶うんですね」

「ええ」

音もなく、何かが忍び寄ってくる気配がした。

「どんな無理難題でも」

「はい、必ず」

舌の上で転がすようにして、ふた口、三口飲んだあと、残った液体をひと思いに飲み干した。飲み干しながら、思った。この味を、知っている。わたしはこの味を、よく知っている。何度も飲み干したことがある。何度も、何度も、ひと思いに。歓喜と悲しみの入り混じった液体。それは、わたし自身の涙の味だった。守男さんと交わっている最中《さなか》に、わたしが体じゅうから流している涙。

空になったグラスをカウンターに置いた瞬間、天井から目の前に、乳色の幕がゆるゆると下りてきた。目眩《めまい》がした。透明な錐《きり》がこめかみに刺さって、そのまま一直線に、頭部を貫通していく。痛みはなかった。脳のなかで細い管が破裂して、そこから噴き出してくるものがあった。まるで、水のなかに広がる、血液のようだった。甘く、せつない、紅《くれない》。赤い涙。やがて、その液体はわたしの血管を巡りながら、全身へと広がっていった。

ここは、どこ――

ここは、わたしの部屋。

わたしは裸で、ベッドに横たわっている。まっ白なシーツとシーツのあいだに。横たわったまま、耳を澄ましている。守男さんはシャワーを浴びている。その水音さえ、愛おしいと感じながら。

守男さんは今夜、成田空港から直接、わたしのアパートメントまで帰ってきてくれた。この一週間、バンコクへ出張していたのだ。だから、守男さんに会うのも、抱き合うのも七日ぶり。

水音が止まり、下半身にバスタオルを巻いた守男さんがベッドのそばまで歩み寄ってきて、それからばさっとタオルを落とす音がした。わたしには、何も見えない。きつく目隠しをされ、手足を縛られているから。

「ようし。俺が留守のあいだ、紗香が浮気しなかったかどうか、調べてやるぞ」

笑いを含んだ声がした。

これは、わたしたちが気に入っている遊びのひとつ。「儀式」という名の遊び。会えない日が何日間かあったあと、再会した時に、わたしたちはよくこの儀式を執りおこなう。

守男さんはシーツを捲《めく》って、わたしのそばに体を滑り込ませてくると、両腕でわたしの体を抱き寄せた。細い紐で拘束されているわたしは、まるで蛹《さなぎ》が転がるようにして、守男さんの腕のなかにすっぽりと収まる。この瞬間がたとえようもなく、好きだ。守男さんはわたしの体のあちこちに、唇と指を這《は》わせる。まるで雨粒のようなキス。柔らかい羽毛でくすぐられているような、思わず笑みが零《こぼ》れてしまいそうな、優しい手のひら。それらが沼のような、泥のような、果てしない拷問のような愛撫に変わる頃、わたしは、目隠しの布が濡れてしまうほど大量の、嬉し涙を流している。涙の色は赤。

「うんうん、どうやら、いい子にしてたみたいだな。おとなしく、俺の帰りを待っていたんだな。こんなになってしまって、どうするよ」

満足げな守男さんの声。聞きながら、わたしはさらに熱くなる。

「いい子の紗香ちゃんには、とっておきのご褒美をやらなくちゃな。欲しいか」

わたしはうなずく。欲しいに決まっている。

守男さんはわたしにくるりと背を向けると、ベッドサイドに置かれている、アーミーナイフを手に取る。わたしは、待っている。胸をときめかせながら。冷たい金属の口づけがどこに、どのくらい、加えられるのか。それから、どこをどう進んでいって、今夜はどこまで到達するのか。わたしは息をひそめて、わたしに与えられるもの、施されるものを、待つ。

まぶたの裏が赤く染まってゆく。

あれは今から一ヶ月ほど前、ふたりで紅葉《もみじ》狩りのピクニックに出かけた時だった。

——これ一本で、なんでもできるんだよ。

そう言いながら、守男さんは胸ポケットからナイフを取り出して、わたしに見せたのだった。

——ほら、これでワインの栓も抜けるし、缶詰もあけられるんだよ。

——わあ、すごいね。鋏《はさみ》までついてるのね。

——便利だろ。

——魔法のナイフ。

——使ってみる？

受け取ったナイフで、わたしはフランスパンとチーズを切り分け、レタスを挟んでサンドウィッチをつくり、林檎《りんご》を四つに割って、皮を剝《む》いた。

——すごく使いやすい。よく切れるし、軽いし。カッター代わりにも使えるね。

——護身用とか、痴漢防止とかにも、いいかもしれないな。欲しかったら、あげるよ。

——え！　もらっていいの？　ありがとう。

——色々とほかにも使い道があるんだ。今度、教えてやるよ。

その、ほかの使い道がこれほどまでに、わたしに悦《よろこ》びをもたらしてくれるとは。驚きだった。想像もしていなかった。いつも、そうだった。守男さんから、新しい愛し合い方を示され、おずおずと、こわごわと、わたしは導かれてゆく。導かれて、そこまで行ってみて、初めて知る。驚く。自分のなかに「こんな女」が棲《す》んでいたとは。

「どう？　気持ちいいか」

「…………」

「ほんとに、なんていやらしい女なんだろう。紗香は」

「…………」

あたたかな血の通った守男さんの指と、冷たい刃物の感触が代わる代わるやってくる。わたしの体は恣《ほしいまま》にされる。連れ去られ、呼び戻され、また連れ去られる。ここではない、どこかへ。どこまでも、きりもなく。寄せては返す、岩に砕けては散る、快感の波に揉まれる。

「ねえ、紗香。ちょっとだけ痛いの、我慢できる？　してみるか」

いつになく真剣な守男さんの声がして、目隠しと紐が解かれた。

「どんなこと」

訊き返したわたしの瞳には、どんな光が宿っていたのだろう。すでに半分、別の世界に足を踏み入れた女の瞳には。

「ん、それはね、こんなこと」

そう言いながら、守男さんは、尖《とが》ったナイフの切っ先をそっと、わたしの喉《のど》に当てた。ただ、当てただけだった。

「あっ」

と、声を上げてしまったけれど、もちろん痛みはなかった。痛みも、恐怖もない。

「紗香がいやなら、しないでおくけど。どう」

答える代わりに、わたしは、守男さんの手に自分の手を添え、そのまま強く押した。ちくっとした。注射を打たれた瞬間みたいだった。すーっとひと筋、糸を引くようにして、血液が流れていった。首から胸もとへと。

「大丈夫か」

「大丈夫よ。このくらい、なんともない」

「きれいだな……」

しばらく見蕩《みと》れたあと、守男さんはわたしの皮膚に唇を這わせて、血液を嘗《な》め取ってくれた。

「吸血鬼ね」

そう言って、わたしは微笑んだ。わたしの笑みの方が吸血鬼のようだったかもしれない。

たちまちのうちに、わたしたちは夢中になった。ふたりの、あるいは、二匹の、吸血鬼の遊びに。

「ね、ここにも、して」

わたしは、柔らかな二の腕を守男さんの目の前に差し出した。

「いいのか」

「いいの。早くして」

「本気か？　痛いぞ」

「もっとして。もっと強く」

太ももを、腹を、胸を、乳房を、手首を、わたしは守男さんに示しては、ナイフを懇願した。傷つけられるたびに、血液が迸《ほとばし》って、白いシーツの上に点々と、赤い花を咲かせた。

「今度は、ここ」

「そんなところに」

「ほら、ここにも」

「わかった」

「もっと深く、刺してみて」

「そんなにしたら……」

「平気よ。もっと思い切り……」

「こうか」

「ねえ、背中に、モリオって、書いてみて」

「そんなこと」

「いいから、やって。お願い」

「これ以上やると、死ぬぞ」

「いいの、この痛みを、殺してほしいの」

　血を流しながら、苦痛で顔を歪め、ベッドの上で喘《あえ》いでいるわたしを見るに見かねたのか、守男さんはキッチンからウォッカの瓶を持ってきて、口移しで、わたしに飲ませてくれた。

「じゃあ、今度は俺の番だ。紗香が俺を傷つけてくれ。好きなようにやってくれ」

「いいのね」

「ああ」

最早、わたしたちにも、わたしたちを止めることは、できなかった。ナイフは最早ナイフではなかった。それはわたしたちを永遠へと向かわせる神の手だった。

ねえ、守男さん。

わたしたち、こうして傷つけ合って、どんどん傷つけ合って、赤い血を流して、もっともっと流して、ふたりの血液が見境なく混じるくらいにたくさん流し合ったら、その血の川の先には、ふたりだけの楽園が、血の海が、待っているのかもしれないね。そこまで行けばわたしたち、永遠に、離れないでいられるのかもしれないね。

ねえ、守男さん。聞いてる？　聞こえてる？

いつのまにか、まっ白なシーツがまっ赤に染まっていた。

「守男さん、守男さん、大丈夫」

わたしは声をかけた。呼びかけた。何度も。だが、返事はない。守男さんは血だらけになって、ぐったりとしている。呼吸が浅い。時々、体を痙攣《けいれん》させている。なんとかしなくては。

わずかに残っている理性がわたしに命令していた。なんとかしなさい。このままじゃ、いけない。そう思って、ベッドから抜け出そうとするのだけれど、体にまったく力が入らない。起き上がって、守男さんの血液を止めるための処置をしなくては。家庭用の救急箱のなかには、止血剤と包帯が入っていたはず。救急箱は、鏡台の引き出しの上から二番目に入っている。いや、救急車を、呼んだ方がいいのかもしれない。

わたしは転げ落ちるようにベッドから出ると、ふらふらと立ち上がり、二、三歩、よろけるように歩いたあと、その場に倒れてしまった。体じゅうがぬるぬるしている。まず、これをなんとかしなくては。バスルームへ行って、シャワーを浴びて、わたしの体をきれいにしなくては――

「お客様、お客様、どうかなさいましたか？　お客様……」

遠くで、バーテンダーの声がする。

返事をしようと思っているのだけれど、わたしの声は出ない。

代わりに、守男さんの声が響いた。

ただいま、紗香。戻ってきたよ。お土産もあるぞ。

海外出張に出かけるたびに、守男さんはわたしに、お土産を買ってきてくれた。ある時は、シングルモルトのスコッチウイスキー。ある時は、モンブランの万年筆。ある時は、ニューヨーク近代美術館のミュージアムショップで買ったというピカソの複製画。ある時は、フィレンツェの街角で見つけたというマーブル模様の便箋と封筒。腕時計。口紅。香水。ハンカチ。たとえ絵葉書一枚でも、貝殻一個でも、わたしの目には、宝石のように輝いて見えた。わたしへのお土産は必ず、スーツケースのなかに入っていた。あちこちに、隠されていた。それを探し出すのが楽しみだった。家族へのお土産はきっと、現地から発送されていたのだろう。

——わあ、きれいね！　これ、どこで買ったの？　どんなお店で。

たずねると、守男さんはわたしの肩を抱き寄せて、旅先で見たもの、出会った人たちの話を語って聞かせてくれるのだった。

まっ青なインド洋に浮かぶ、小さな島の話が出たのは、いつのことだったか。

——いつか、紗香を連れていくよ。

そう言って、守男さんは目を細めた。

——くっきりとした青と白の世界なんだ。空と海が青。雲と波が白。砂も白い。砂浜のパラソルも白い。いつかあの島で、ふたりきりで暮らせたらいいなと思ってる。

——そこで、守男さんは何をするの？　仕事はあるの。

——あるさ。俺は、船乗りになる。紗香は……そうだな、島の人に日本語を教えるなんて、どうかな。でも別に、仕事なんかなくたって、生きていけるさ。

——何をして、生きていくの。

——朝起きたらまず海でひと泳ぎして、部屋に戻ったら、紗香とベッドでいちゃついて、悪いことをいっぱいしてさ。腹が減ったら、たらふく飯を食って、思う存分、昼寝して、目が覚めたらまた海へ行って、ひと泳ぎして、部屋に戻ったらまた死ぬほど、紗香といちゃついて。そうやって、ふたりして年寄りになっていくんだ。

——泳いで、食べて、寝るだけ。

——その通り。なんて素晴らしい人生なんだ。そう思わないか。まっ白なシーツとシーツのあいだで、ふたりで見つめた、幻の世界。

目をあけると、窓の外には、くすんだ東京の空が広がっていたけれど、守男さんに抱かれて、まぶたを閉じれば、わたしはいつだって、そこまで飛んでゆくことができた。

ねえ、守男さん、あなたは今、どこにいるの。

会いたい。会いたい。あなたに、会いたい。

強く念じつづけていると、わたしの視界を遮っていた濃い霧のなかから、ふいに、答えが返ってきた。

ここにいるよ。俺は、ここにいる。

どこ？

ここだよ。見えるだろ？　ほら！

一瞬だけ、霧と霧のあいだに陽の光が射し込んで、そこにできたわずかな裂け目から、まっ赤なシーツがのぞいていた。赤いシーツにくるまれて、抱き合ったまま、身じろぎもしない、男と女の姿が見えた。わたしと、守男さんだ。守男さんは頑丈な両腕で、しっかりとわたしの細い体を抱きしめている。ふたりの血液はまだ流れつづけている。奔流となって流れ込んでいく。血の大河へ。なんて美しい、なんて神々しい光景なんだろう。もう、誰も、わたしたちを分かつことはできない。

あそこへ、帰らなくては。

今すぐ、戻っていかなくては。

そうなのだ。わたしはただ、そこに、戻ればいいのだ。生まれてから三十年あまり棲んできた、住み慣れたその場所へ、わたしの肉体へ。

このチャンスを逃したら、もう二度と、愛する人には会えなくなる。急がなくては。守男さんをひとりで、逝《い》かせるわけには行かない。

わたしは、席から身を滑らせるようにして降りると、静かに、ドアの方へ向かって歩いていった。

ドアをあける前に、振り向いて、バーテンダーに声をかけた。

「どうもありがとう。ごちそうさまでした。あなたのおかげで、わたしの願い、叶いそうです。本当にありがとう」

「どういたしまして」

バーテンダーは、可憐な野のすみれのような笑顔で、わたしを見送ってくれた。

「行ってらっしゃいませ。どうか、お気をつけて」

あの世とこの世の境目にある扉がわたしの背後で、静かに閉まる音がした。

痛みを殺して

Pain Killer

White Rum

Pineapple Juice

Coconut Cream

Orange Juice

なんて哀れな女なんやろ。

みじめや。

救いようも救われようもない。まるでぼろ切れのように、捨てられてしまった。いや、ぼろ切れやない。ぼろ雑巾《ぞうきん》や。毎日、朝から晩までこき使われ、くたくたになり、よれよれになり、どこもかしこもすり切れてしまって、もう、どうにもこうにも使い物にならん、というところまで働かされたあと、ぽいっと捨てられてしまった。かれこれ十五年以上も、文字通りこの身を削って、一所懸命に尽くしてきた夫に。

「早苗と一緒になれへんのやったら、俺の残りの人生は、ゆるやかに自殺してるようなもんや」

「ゆるやかに、自殺？　それ、どういうこと」

「おまえのいない人生なんて、生きていながら、死んでるようなもんやってこと」

「そんな大袈裟《おおげさ》な……」

「頼む。俺を死なさんといてくれ」

強くかき抱かれ望まれて、博和と結婚した時、わたしは二十六歳で、まだ真っ白でふかふかのバスタオルやった。

うちの両親は、この結婚に猛反対やった。

「やめとき。早苗ちゃんが苦労するだけやで。あんたが泣くのは、目に見えてるわ」

「考え直すなら今や。今ならまだ間に合う」

婚姻届を出す前日まで、口々に、そんなことを言っていた。

三つ違いの姉は、

「積極的に反対もせぇへんけど、諸手《もろて》を挙げて賛成もできへんなぁ。せいぜい、別れの日のための心の準備をしておくことやな」

　眉をひそめて言い、

「ま、とにかく自分の仕事だけは、辞めんとき。いざという時、頼りになるのは仕事だけや」

と、強調した。とどめの台詞《せりふ》は「この世には、愛だけでは乗り越えていけへんことというのがある」――。

　弟も、姉とほとんど同じようなことを言った。

「覚悟はできてんのか。姉ちゃんは、向こうの家の都合のいいように利用されるだけやで」

　四人の言いたいことは、頭ではようわかっていた。

　博和は、母親が三十九、父親が五十になってからやっと生まれた、有限会社細川工務店の跡取り息子。風前の灯火《ともしび》のような状態になっている商店街の片すみで、これまた吹けば飛ぶような様相を呈している工務店の未来には、希望の光というものがまったく見えない。そうして、ひとり息子の嫁となったわたしは、近い将来、博和の親の世話や介護をひとりで背負い込むことになる。

けど、頭ではわかっていても、首から下が頭の言うことを聞こうとしないのが恋というもの。

「そんなん、余計な心配や。年老いたご両親のお世話をするのは、子として、嫁として、当然の務めやないか」

わたしは鼻息も荒く反論し、赤信号、愛さえあれば怖くない、の勢いで、両腕を広げて待っていた博和の胸のなかに飛び込んでいった。

結婚後、わたしは姉の忠告をあっさりと無視し、それまで勤めていた奈良市内の商事会社を辞め、工務店で働き始めた。

儲《もう》けが少ないわりには、片づけても片づけてもあとからあとから湧いてくる雑務。掃除洗濯買い物料理。雑務も家事も嬉々としてこなした。近所でも評判の「働きモンの嫁はん」になった。姑《しゅうとめ》さんにも可愛がられていた。その頃は、まだ。

工務店で請け負っていた仕事は、奈良市内とその周辺にあるアパートや学生寮の内装工事、家の増改築に伴う床やタイルや壁紙などの貼り替え、そのほか、階段、天井、屋根、屋根裏、台所、お風呂場などのこまごまとした修理、水漏れやガス漏れの点検作業などなど。従業員は、老齢のお義父《とう》さんと博和のほかに、忙しい時だけに集合をかけるアルバイトの学生が五、六人いるだけ。アルバイトが集まらない時には、うちやお義母《かあ》さんまで現場に出向いて、埃《ほこり》まみれ、汗まみれになって肉体労働に励んだ。

「早苗ちゃん、よう耐えられるなぁ、そんな生活に」

「あたしやったら、さっさと離婚するわ」

仲の良かった同級生から、同情と憐《あわ》れみの言葉をかけられても、

「好きで一緒になった人やもの。こんなの、苦労のうちには入らへん」

胸を張って、答えたものやった。

ゆくゆくは博和が引き継いで、わたしたちがふたりで切り盛りしてゆくことになる工務店。零細以下の零細であろうと、他人の目にはどう映ろうと、わたしたちにとっては大切な夫婦の砦《とりで》。その砦を守るために、苦労を苦労とも思わず、がんばってきた。

結婚して五年後、お義父さんが脳卒中で倒れて、意識は回復したものの、自宅で寝たきりになった。わたしは介護を一手に引き受けた。腰を痛め、背中を痛め

ながらも、文句ひとつ言わんと、献身的に尽くした。

　本当の苦労は、そのあとから始まった。

お義母さんの嫁いびりが始まったのは、お義父さんが亡くなって、介護から解放されたわたしが不妊治療に通い始めた頃からやった。あれは、つらい治療やった。つらくて、痛くてたまらなくて、毎回、半泣きになりながらも治療を受け、家に戻ってきて体を横にして休んでいると、お義母さんは意地悪く無理難題を押しつけてくるのやった。

　わたしたちに赤ん坊ができなかったのは、実はわたしのせいではなくて、博和に子種がなかったせいやった。それなのに、そのことが検査で判明してからも、なぜかお義母さんはわたしを責めた。いくら責めても、できへんもんはできへんと悟ってからは、責めは執拗《しつよう》ないじめに変わっていった。そうしてそれは日々、エスカレートしていくのだった。

たぶん、お義母さんには、お義母さんなりに「必死で耐え抜いてきたこと」というのがあって、長年たまりにたまった怒りとか、恨みとか、憎しみとか、そういう負の感情の矛先《ほこさき》がすべて、わたしに向けられたということなんやろう。

それでもわたしは笑顔で耐え抜いた。

いびりにも、いじめにも「なんのこれしき」と踏ん張って、挙げ句の果てには認知症になってしまった彼女の面倒も、下の世話まで厭《いと》わず見てやり、髪を振り乱し、若白髪を増やしながらも、明るい笑顔の仮面の下に泣き顔を隠して、がんばってきた。がんばるのは当たり前、と、ずっとずっと思ってきた。好きで一緒になった人のためやもの、我慢するのは当然やんか、と。

それなのに。

ああ、それなのに、そんな糟糠《そうこう》の妻を、博和という人は見事なまでに裏切ってくれた。

腹立たしい。情けない。いっそ、死にたい。

見せしめに、死んでやろか、ここから飛び降りて。

一瞬、本気で、そんなことを思ってしまった。

今からほんの二時間ほど前、

「別れてくれ、早苗。すまん。この償いは、一生かけてするさかい。お願いや、この通りや」

品川駅の近くにそびえ立っている高層ホテルのスイートルームで、何年ぶりかの事に及んだあと、裸のまま絨《じゅう》毯《たん》の上に正座した博和から、芝居がかった涙声で離婚話を切り出された時には。


「あの、おかわり、お願いします」

「はい。ロックでよろしいですね」

「あ、いいえ、ストレートにします」

最初は水割りで、二杯目はオンザロックスで、そして三杯目はストレートで、わたしはスコッチウイスキーを呷《あお》っている。

特にウイスキーが好き、というわけやない。生まれて初めて、ひとりでバーに入ってきて、いったい何を注文すればいいのか、とっさに決められなかったので、いつも博和が飲んでいる国産のウイスキーにしてしまった。

ここは、品川駅の裏手にあるバー「Gatito Perdido」——スペイン語で、意味は「迷子の子猫」なのだと、ついさっきバーテンダーが教えてくれた。

博和から青天の霹靂《へきれき》の別れを突きつけられたあと、わたしはベッドを抜け出して、泣きながら荷物をまとめ、部屋をあとにした。まるで坂道を転げ落ちる石になったような気分やった。

「待てや、早苗。ちょっと待ちぃな。もっとちゃんと話し合お」

懸命に止めようとする博和の手を振り払ってドアをあけ、

「話し合うことなんか、ない。こんなところに、一分一秒でもいたくない。あんたの顔なんか、うちは一生、見たくない」

怒りを叩きつけるようにして、ばーんと閉めた。

廊下を走ってエレベーターに乗り、脱兎《だっと》のごとくホテルの外へ飛び出すと、通りまで出て、ひとまず品川駅へと向かった。とにかく家に帰ろう、と、その時は考えていた。ほかに行くところもあらへんし。

品川駅に着いた時、はたと気づいた。たとえ運良く最終の下りの新幹線に乗れたとしても、大阪から奈良まで戻れる電車は、もうない。どないしよ。

とりあえず今夜は、適当なビジネスホテルでも探してそこに泊まろうと思いながら、駅の周辺をうろついている時、雑居ビルの一階に出されていたバーの看板が目に留まった。内側から蛍光灯で照らされたアルファベットの連なりの下には、小さな文字で「午前三時まで営業」と記されていた。

そうや、ひとまず、あそこで飲もう。

飲みたい。浴びるほど、飲みたい。飲まずにはいられへん。あとのことは、飲んでから考えよう。

そんな気持ちに背中を押されて、わたしは路上の看板に向かって歩いていった。

バーは、ビルの地下にあった。

正確には、その隣のビルか、隣の隣か、あるいはそのまた隣のビルの地下かもしれへん。看板の下につづいていた狭い階段を降りてゆくと、通路は複雑に枝分かれしていて、途中で何度か迷ってしまいそうになった。だから「迷子の子猫」と名づけたのか。

「こんばんは、ようこそ」

ぱりっと糊《のり》の利いた白いワイシャツに、黒の蝶ネクタイを締めた、いかにも優《やさ》男《おとこ》風な若いバーテンダーに出迎えられた。

博和を野獣にたとえるなら、このバーテンダーは水母《くらげ》か。色白で、手足が長い。黒縁の眼鏡の奥の目は、涼しげな一重まぶた。

彼曰《いわ》く「スペインの田舎の村にある、庶民的な酒場をイメージしてつくりました」という店内には、丸太で組まれたU字型のカウンター席だけがある。山小屋風な内装。イミテーションの暖炉。白い壁とむき出しの柱や梁《はり》。床には卵の形をしたライト。壁にはモノクロの風景写真の入った木枠の額。木造りの天井からは無数のワイングラスが吊り下げられ、間接照明を受けて、ダイヤモンドダストを散らせている。光のシャワーを浴びながら、繊細なジャズピアノのソロがさざ波のように、寄せては返している。

「お待たせいたしました。どうぞ」

琥珀《こはく》色の「命の水」――それが「ウイスキー」という言葉の語源である、と教えてくれたのは、博和やった――の入ったグラスが目の前に差し出された。

取り上げて、ぐいっと呷る。

涙の味がする。いや、これは鼻水の味か。涙も鼻水も涸《か》れてしまっているけれど、わたしの心は、全身は、ごうごうと唸《うな》るように泣いている。痛い、痛い、と叫びながら。わたしには、自分の泣き声が聞こえる。いや、これは、うめき声や。あと何杯、飲めば、麻酔なしで手術を受けているような、この痛みが消えるのか。

わたしの真向かいには、四十代後半くらいと思《おぼ》しきカップルが、仲良く寄り添って腰掛けている。ふたりのまわりにだけ漂っている、親密な穏やかな空気から、明らかにこのふたりは夫婦なんやとわかる。旦那《だんな》さんと奥さんは、同じ色のカクテルを飲んでいる。静かに、落ち着いて、それでいてとても楽しげに会話を交わしながら、会話の合間合間に、ふたりだけに意味のわかるような微笑《ほほえ》みを送り合っている。

うらやましい。

夫婦でこんな洒落《しゃれ》たバーに飲みに来るなんて。きっと、子育てにもひと区切りがついて、今はこうして夫婦水入らずで、土曜の夜のひとときを楽しんでいるのやろう。それとも、この週末、東京へ遊びに来ているのか。

悲しい。

見るともなく、彼らの様子を見ていると、また傷口がぱかっと開いて、そこから悲しみが噴き出してくる。本来ならば、わたしと博和があそこにいるあの夫婦であったはずやのに。

「今度の週末、東京旅行でもするか？　久しぶりにふたりで羽を伸ばして、のんびりしよ。早苗もこれまで、ほんまにようがんばってくれたしな。労をねぎらうためにも、贅沢《ぜいたく》させてやろ思うて、スイートルーム、取っといたで」

歯の浮くような甘い台詞を真に受けて、わたしは凧《たこ》のように舞い上がっていた。風邪をこじらせて急性肺炎にかかった姑が入院先の病院で往生し、やっとのことで重い肩の荷を下ろしたばかりだった。

想像もしていなかった。まさかその旅行のしょっぱなに、いきなり奇襲攻撃を食らうことになろうとは。しかも、お寿司屋さんで豪勢な夕食をとり、ホテルに戻り、異様に広いキングサイズのベッドの上で、肌に吸いつくような高級なシーツとシーツのあいだで、最後にしたのがいつだったのかも思い出せないくらい、久しぶりの夫のお務めをありがたく受け止め、まぶたを固く閉じ、枕の端をぎゅっと摑《つか》んで、めくるめく万華鏡の世界を漂いながら、目尻に涙を滲《にじ》ませ、

「博くん、あたし嬉しい」

感極まった声を出したそのあとに、地獄に突き落とされることになろうとは。くやしい。

わたしは仲睦まじい夫婦から目を逸《そ》らすと、今度は斜め向かい、ちょうどUの字の底に位置する場所に座っている男女に視線を伸ばした。

二十代半ばか後半くらいに見える女と、頭髪がじりじりと後退を始めている、それでも口髭《くちひげ》だけは妙に濃い――染めているのか――中年男のふたり連れ。こっちは明らかに夫婦には見えへん。普通の恋人同士とも違う。いわゆる「訳あり」か。不倫やろうか。彼女は、あのおっさんの愛人？　それともこれからそうなるところか。

そう思った瞬間、くらくらっと目まいがした。

同時に、真っ赤に焼けた鉄の棒が胸にぐさっと、刺さったような気がした。

博和と、博和がうつつを抜かしている女も、こんな案配なのか。

まだ五月だというのに、真夏の海辺で着るようなサンドレスを身につけている女の、柔らかな丸みを帯びた肩。むっちりとした二の腕。匂い立つような胸もと。はっとするほど白い首筋。それらを、まるで舐《な》め取るように見つめている中年のおっさん。このバーを出たあと、このふたりはホテルへ行くのか。

そういえば。

今にして思えばこの一、二年、博和は隔週に一度くらいの割合で上京していた。初めの頃は、大学時代の友人たちとの懇親会とか、同業者の集まりとか、もっともらしい理由をつけていたけれど、ここ半年ほどは、工務店の事業の立て直しを図るために、建築士の資格を取りたい、その下調べのためや、などと偽って、まとめて一週間から十日ほど、家を空けるようになっていた。

「こんなしょぼくれた店、きれいさっぱり売り払って、東京で何か新しい事業を起こしたい」

戻ってきた時には、そんな言葉を口にするようにもなっていた。

「そのために、夜間大学に通って、経営学を勉強しようと思う」

自宅介護の難しくなった姑を施設に入れてからというもの、博和の東京行きはいっそう加速した。留守の期間が増えるのに比例して、金づかいも荒くなり、わたしたちの老後のために積み立てているはずの預金にまで手を出すようになり、そうこうしているうちに、彼が家に戻ってきている時には夜中と言わず、早朝と言わず、電話が鳴り響くようになっていた。

それでもわたしは、信じていた。

「東京に建築設計事務所みたいなオフィスを構えてな、インターネットでできるビジネスも始めたいんや。ネット上で、工具の貸し出しとか、販売とか、交換とか、修理のアドバイスとかをするねん」

博和曰《いわ》く、これからのうちらの「未来設計」を。

信じていた。これっぽっちも、疑っていなかった。

なんて、なんて、阿呆《アホ》な女。

わたしが姑の臭いおむつを取り替えているあいだに、あいつは東京で女の青いお尻に顔を埋めて、恍惚《こうこつ》としていたに違いないというのに。

わたしに別れの宣告を突きつけたあと、

「最初はな、ちょっとした遊びのつもりやってん。俺にもたまには息抜きが必要やろ。せやけど、なんや知らんあいだに、抜き差しならん関係になってしもうてな。あっちはまだ二十歳そこそこやし、俺も男としての責任を取らなあかんと思うねん」

ぬけぬけと、そんなことを抜かしやがった。

「それやったら、あたしに対する責任はどうなるの」

「おまえは大丈夫や。ひとりでもりっぱにやっていける。おまえには根性がある。それは俺が保証する」

あいた口が塞《ふさ》がらへんかった。

「早苗のことは、嫌いになったわけやない。せやし、これからも友だちとして、助け合っていけたらええと思うてる。俺らは戦友みたいなモンやろ」

力いっぱい、枕を投げつけた。本当は電気スタンドを投げつけてやりたかったんやけど。

ああ、忌ま忌ましい。

それ以上、不倫カップルを見ていることができなくなり、わたしは目を伏せて、カウンターをじっと睨《にら》みつけていた。すると、わたしの並びに座っている男女の方から、華やいだ笑い声が聞こえてきた。

声に誘われて、目をやった。こっちは若い恋人同士。男も女も若い。ぴちぴちしている。言葉も笑顔も弾けている。女は十代後半くらいにしか見えない。清純で、可憐《かれん》な感じの女の子。男の方もハンサムで、せいいっぱい背伸びして、大人っぽくふるまっている。微笑ましい。小鳥と小鳥がいちゃつくみたいにして、頬を寄せ合い、いったい何がそんなに可笑《おか》しいのか、きゃっきゃっと笑いさざめいている。

ああ、痛い。ひりひりする。

痛くてたまらない。

彼らが笑うたびに、ズキン、ズキン、と、傷口が痛む。

わたしと博和にも、確かにあんな時代があった。うちらの場合、デートはこんな洒落たバーではなくて、居酒屋か、素人料理を出しているスナックやったけど、お金がなくても、愛だけはあった。満たされていた。幸せだった。ふたりとも若くて、パッションがあって、怖いもの知らずで、未来には楽しいことだけが待っていると、無邪気《むじゃき》に信じることのできた時代が確かにあった。

目のやり場がなくなって、ふたたび自分の手もとを見た。磨き込まれたカウンターに、いかにも不釣り合いな草臥《くたび》れた手。惨《みじ》めで場違いな四十路《よそじ》の女。夢も希望もない。こんな哀しい手で、これからひとり、どうやって生きてゆけばいいのか。ささくれた指先を思わず知らず掌《てのひら》のなかに畳み込み、拳《こぶし》をきつく握りしめてしまう。

「追加で何か差し上げましょうか」

気がついたら、バーテンダーが真正面に立っていた。

「同じものを……」

言いかけながら、すぐそばに置かれていたのに見ないままでいた小さなメニュー立てを、なぜかふっと、手にしていた。

こぢんまりと整った手書きの文字で、こんな文が記されていた。

当店のスペシャル・カクテルはいかがですか
あなたの心の痛みを和らげる「ペインキラー」
どんな鎮痛剤よりも、よく効きます

読み終えるやいなや、わたしは注文した。

「ペインキラーを下さい。これって、痛み止めってことですよね」

「おっしゃる通りです」

「いただきます。できるだけ強いのをお願いします」

痛み止め。まさに、今のわたしが必要としているお酒やないか。なんでもっと早く、この特別メニューに気づけへんかったのか。

「少々お待ち下さい」

バーテンダーは表情を崩すことなく答えると、まるでマジックでも始めるような手つきで、色とりどりの瓶《びん》を取り出しては、カウンターの上に並べていった。どうやらこのバーでは、カクテルに使用する酒やリキュールやジュースの瓶などを、こうやって、お客に見せるようにしているようやった。

ベースは、ホワイトラム。魚の形をした黄色い瓶の中身は、パイナップルジュース。小さな青い缶に入っているのは、ココナツクリーム。それらを横一列に並べたあと、バーテンダーは冷蔵庫からバレンシアオレンジを取り出し、わたしの目の前に置いた小型のまな板の上でふたつに切り、ガラスの絞り器の上にのせ、ぐいぐいとねじ込んで、果汁をこしらえた。

それから、すべての材料をシェイカーに入れ、大きな波と小さな波を交互に描くようにして振ったあと、氷を満たしたハイボールグラスに注いだ。腕をしっかりと固定して、手首だけをゆっくりと回しながら。

「さ、どうぞ」

ココナツクリームのせいやろう、どろっとした舌触りのカクテルは、昔懐かしいミルクセーキを思わせる。独特なこくがある。暖色系の色合いをしている。きりっと冷えている。甘みはほとんどない。いや、むしろ、苦い。「良薬は口に苦し」なのか。ココナツの香りと、オレンジの風味と、かすかな苦みが混ざり合い、ひとつに溶け合って、喉《のど》から下にまっすぐに落ちてゆく。

この液体がこの胸の痛みを、殺してくれるというのか。

何もたずねていないのに、バーテンダーは教えてくれた。このカクテルを頼んだお客には、必ず披露している蘊蓄《うんちく》なんやろう。

「イギリス領バージンアイランドのビーチサイドのバーで考案されたカクテルです。バーの名前は『Soggy Dollar Bar』といって、これは、ふやけたドル札という意味ですね。なぜならそのバーの客の大半は船乗りで、だけど島の港には船着き場がなかったらしくて、船員はみな、船から岸辺まで、ばしゃばしゃ泳いでゆくわけです。だから、バーで支払われる紙幣は濡れて、ふやけていたってわけですね」

淡々とそんな説明をしたあと、バーテンダーはさっと踵《きびす》を廻《めぐ》らせて、仲良し中年カップルの追加注文を聞きに行った。

あたたかなクリーム色をしたお酒を、舌先に染み込ませるようにして、しみじみと、味わいながら飲んでいると、少しずつではあるけれど、傷口が塞がり、心の痛みも和らいでくるような気がする。ピンと張り詰めて、今にも切れそうやった神経も、濡れそぼった紙幣さながらにふやけてくる。

ああ、気持ちいい。

ゆるんできた頭のなかで、思いを巡らせた。

これからの自分の人生について。

博和と離婚したあと、どうやって生きてゆくか。

慰謝料を目一杯ふんだくって、わたしも小さなお店でも出すか。出すとしたら、どんな店がいい？　カフェレストランとか、喫茶店とか、花屋とか、文房具店とか？　ケーキ屋なんかもええかもしれへん。いや、それよりも、お好み焼き屋の方がええかな。ひとり暮らしをするようになったら、これまでは、博和が嫌いで、飼わせてもらえへんかった犬や猫も飼おう。そうや、ひとりになっても、うちはちっとも寂しくなんかない。姉も弟もいるし、姪《めい》や甥《おい》もいるし、友だちだってぎょうさんおる。

そんなことを思っていると、ますます痛みは遠のいて、気持ちも安らかになってくる。

どんな鎮痛剤よりもよく効くというのは、ほんまやった。

バーテンダーの背中に、声をかけた。

「もう一杯、お願いします」

痛みはすでに消えかかっているけれど、痛み止めの薬はもっと欲しい。もっと、薬を。

「承知致しました」

二杯目は、一気に飲み干した。

けど、痛みはまだ生きている。しぶとい。じたばたしている。最後の抵抗をやめない。抹殺《まっさつ》するための、とどめの一発が必要や。

三杯目の正直を頼んだ。これで、痛みの致死量を超えるのか。

痛み止めが回ってくる。血管のなかに染み込んでくる。いつのまにか、体内を流れる血液がすべて、ココナツミルクみたいにどろりとしてきている。脳味噌も心臓もとろーんとしている。たぶん、目つきも。

酔ってはいない。これは酔いではない。酔うどころか、どんどん覚醒してくる。意識は冴《さ》えている。冴え渡っている。五感は研《と》ぎ澄まされ、特に聴覚が鋭くなってきている。

今までは聞こえなかった物音や、人々の息づかいや小さなため息やつぶやきや、たとえば、若い女の子が指先で髪を梳《す》いている音さえ、得も言われぬ美しい響きとなって、耳に入ってくる。すべての音が綯《な》い交《ま》ぜになって、危ういところで均衡を保ちながら、不思議に調和の取れた幻想的な音楽を奏でている。そう、まるでシェイカーのなかで、ひとつに混ざり合ってできるカクテルさながらに。店のなかの空気そのものが痛み止めとなって、わたしを包み込んでいる。

「あんたなんか、だいっきらい。さっさと死んでしまえばいいのよ」

突然、不協和音が鳴り響いた。

「おまえこそ、死ね。地獄へ堕ちろ。二度と戻ってくるな。ああ、いい気味だ」

「あなたのやっていることはすべて、お見通しよ。知らないとでも思ってんの。何よ、陰でこそこそと、いい年をして気持ち悪い」

いつまでもゆらゆらと漂っていたかった甘美な音の世界から、ふたたび厳しい現実の世界へと引き戻されてしまった。

「俺の目は節穴じゃない。いいか、覚悟しておけよ。そのうち、おまえの尻尾を掴んで、穴から引きずり出して、息の根を止めてやるからな」

「ああ、うす汚いその馬面《うまづら》を私の方に向けないで。目が腐っちまうわ」

「畜生、言わせておけばいい気になりやがって。このめす豚」

「何よ、私が豚なら、あんたは、豚の糞だわ」

驚いて、わたしはあたりをそぉっとうかがった。いったいなんなの、この声は？　このひどい言葉は、この罵《のの》り合いは、いったい誰が。

「馬鹿野郎。くそっ、馬鹿に馬鹿と言われたかねえや」

「馬鹿とは言ってないわ。だって、馬と鹿の方が、まだましだもの」

なんと、驚いたことに、唾《つば》を吐きかけんばかりに互いを罵倒《ばとう》し合っているのは、わたしの真向かいに座っている上品な仲良し夫婦やないか。

あわてて目をこすり、両手の人さし指を両耳のなかに突っ込んでぐるぐる、かき回してから、もう一度、その夫婦の方を見た。まじまじと見つめた。ふたりは相変わらず、柔和な笑みを浮かべて、見つめ合い、言葉を交わし合い、静かにグラスを傾けている。それなのに、

「死ね！　このクソじじい」

「うるさい、ばばあ。減らず口を叩くな。これまで誰のおかげで、飯が食えてきたんだ」

「あなたこそ、これまで誰のおかげで、さんざんいい思いをしてきたのよ」

「はっ、いい思い？　ったくよく言うねぇ。あきれてものが言えないぜ」

聞くに堪《た》えない汚い言葉ばかりが吹き矢のように、飛び交っているではないか。

これはいったい、どういうことなんや？　わたしの耳がおかしくなってしまっ

たのか？　痛み止めの飲み過ぎで。

　頭を強く横に振って、ふたりの声を追い払おうとした。

　その時、別の方向から、別の声がすーっと、風のように入ってきた。

　混乱している脳味噌のなかに、消毒液のように染み入る声。お告げのようにも、懺悔《ざんげ》のようにも、聞こえる。

「僕には、できません。これ以上、妻を裏切るなんて、到底できません。長年、ひとつ屋根の下で、苦楽を共にしてきた妻を……ああ、僕が馬鹿でした。浅はかでした。お許し下さい。こんなことを、いつまでもつづけているわけには行きません。きょうこそ、今夜こそ、きっぱりと別れなくてはならない。はい、別れます。彼女がトイレから戻ってきたら、きっぱりと告げます。会うのは、今夜を最後にしようと、はっきり言います」

　わたしは、声のする方を見た。ゆっくりと首だけを回して。

　斜め向かいに座っていた、不倫カップルの片割れの声だった。女はいない。お手洗いに行っているのやろう。スツールには、彼女のショールだけがぽつんと残されている。かわいそうに、席に戻ってきたら、彼女は別れを言い渡されるんやな。

　そうや、それでいい。そうでなくては。最後に勝つのはやっぱり妻と正義や。がんばりや、おっさん。あんたは奥さんのもとへ、戻りなさい。それがあんたの幸せのためや。

　わたしは目線でおっさんに語りかけた。中年男に、わたしの声が聞こえているのかどうかは、わからなかった。

　やがて、女が席に戻ってきた。男はおずおずと切り出した。途端に、店内のうすい闇を引き裂くような金切り声が上がった。

「ひどいっっっっ、ひど過ぎる、あんまりだわ、そんなの許せない、こんなの絶対に許せない。許すもんか」

　見ると、女はさめざめと泣いている。まずは、泣き落としか？　肩を震わせて、今にも消えてなくなってしまいそうなほど、儚《はかな》げに、

——別れるなんて、いや……。

と訴えている。絹糸のような、か細い声で。

——好きなの。こんなに好きなの。だからお願い……。

これは中年男の聞いている台詞。

しかし、わたしの耳に聞こえてくる声は、決して儚くはない。

「よくも騙《だま》してくれたわね。いずれは妻と離婚して、おまえと一緒になると誓ったのは、真っ赤な嘘だったのね。くやしい。信じていたのに。これまでずっと、信じてきたのに。許せない。この仕返しは、たんまりとしてやる。私は泣いて引き下がったりはしないから。このままで、済むと思わないでよ。存分に復讐してやるから」

男に対する愛憎が渦巻いているのか、彼女はまるで竜巻みたいな唸り声を上げている。

どうなるのやろ、これから、このふたりは。

こうやって、さらに抜け出せない深みへと落ちてゆくのか。

最初は、中年男の妻を応援したい気持ちでいっぱいやったけど、考えてみたら、愛人も被害者なんやな。妻にも悪いところがあったのかもしれん。どっちもどっち、なのかもしれん。

なんとなく、彼女のことが哀れにさえ思えてくる。

痛々しい。

いや、同情してる場合とは違う。妻のわたしが不倫女に同情してどうする。

つらつらと、そんなことを思っている時やった。

並びに座っていた、若い女の子の声が聞こえてきた。彼女はわたしに背中を向ける格好で、男の子に寄り添い、彼に耳打ちするようにして、ひそひそとしゃべっている。普通なら、会話の内容までは理解できない抑えた声で。

だけど、今のわたしの耳には、細部まで鮮明に聞こえてくる。

「だから、もう少しの辛抱だから、ね。細川のおやじが奥さんと別れて、奈良の工務店を売り払ったら」

工務店？　奈良の？　細川？　それは聞き捨てならん。

わたしは耳をそばだてた。

「まとまったお金が入るはずなの。そのお金でさ、サラ金で借りたお金を全部、返してさ、余ったお金を使って、私たち、ヨーロッパへ行こうよ。ヨーロッパを転々としながら、ケンタは好きなだけ、絵とか音楽とかの修業をしたらいいよ。あたしもね、イタリア語を勉強して、オペラの勉強をするんだ。ね、あっちで楽しく暮らそうよ。だから、あともう少しだけ、待っててね。今頃は、あのおやじが奥さんに離婚を言い渡していると思うの。もうじき電話がかかってくるから、そしたら私、ホテルまで行ってくる。最後のサービスをして、ちゃんと今夜の分のお金ももらってくるからね」

援助交際ということなのか？　これは。

男の子はどうやら、複雑な心境に陥っているようやった。表情が暗い。嫉妬《しっと》しているようでもある。それは当然やろう。この子の彼女はこれから体を張って「お仕事をする」のやから。

「心配しないで、私、なーんにも感じてないんだから。ただ、一生懸命、感じてるふりをしてるだけ。だってね、あのおじさん、すっごい下手なの。それに、あっという間に終わっちゃう。痛くも痒《かゆ》くもなんともないの。だいたい二十分ほどで終わる。でも、正味は三分ほどしかかからないの。カップラーメンみたいな男。うふふふふ」

ああ、博和、と、わたしは思った。かわいそうな博和。哀れな博和。風前の灯火男。こんな嘴《くちばし》の黄色い女の子に、簡単に騙されてしまって、あんたはほんまに、なんてなんて阿呆な男なんやろ。お金だけ毟《むし》り取られて、あとは裸で捨てられる運命にあるなんて。


「バーテンダーさん、お勘定をお願いします」

「はい、かしこまりました」

財布から一万円札を取り出して、勘定書のトレイの上に置いた。

「お釣りはけっこうです」

「ありがとうございます。領収証は」

「いりません。ところで、そのお札、ちょっと湿ってませんか？　うちの涙で」

そんなジョークが口をついて出た。とっさに意味を掴みかねているバーテンダーに向かって、わたしは余裕の笑みを投げかけた。

「でもおかげさまで、心の痛みはすっかり消えましたので」

「それはよかったです。お気をつけて。おやすみなさい」

店を出ると、来た道をたどって、迷うことなく地上に出た。気分はすこぶる爽快。あの痛み止めには、解毒作用もあったのか。

さて、どっちへ行こう。

行こか、帰ろか。

夜空を見上げると、西の方には半分だけ欠けた月が、東には博和の泊まっている高層ホテルの避雷針が見えた。点滅している赤い灯りは、早苗、戻ってきてくれ、助けてくれ、と、ＳＯＳを発信しているようにも見える。

さて、許してやるか、見捨ててしまうか。救ってやるか、見殺しにするか。よれよれで、くたくたで、それでも妙にわたしの手には馴染《なじ》んでいる、使い慣れたあのぼろ雑巾をどうしてやろう。

蒼い楽園

Blue Heaven

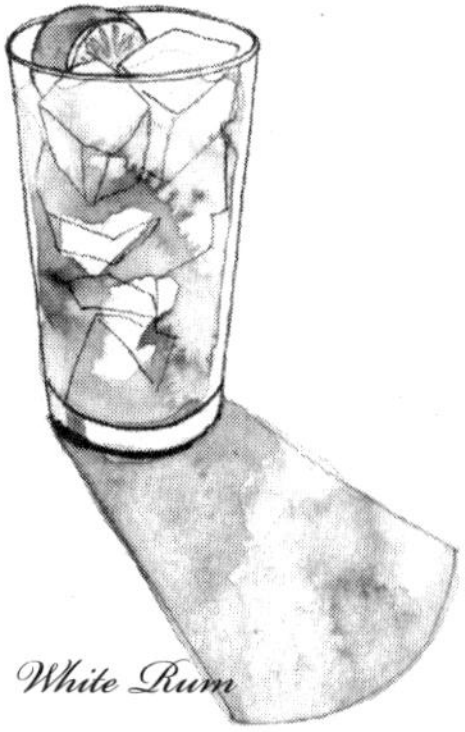

White Rum

Amaretto

Blue Curaçao

Lime Juice

Pineapple Juice

「楽園へ行こう」

休暇を利用して、旅に出ようと誘ってくれたのは、夫だった。

「東京から一番、遠いところにある島へ行こう。仕事も日常も忘れて、海のそばでただぼーっとしよう。ふたりきりでね。のんびり過ごそう。そうすれば」

「そうすれば」

問い返した私に、夫はただ、微笑《ほほえ》みだけを返してきた。わかってるだろ？　と言いたげな笑顔。だからそれ以上、何も訊《き》かなかった。訊けなかったのだ。

そうすれば、私たち、やり直せる？

何もかも忘れて、もと通りになれる？

昔のふたりに戻れる？

それとも、きれいさっぱり、別れることができる？

何もかも、なかったことにして、この結婚を終わりにできる？

ジャングル・ベイ・リゾート&スパ。

コテージには、そんな名前がついていた。

カリブ海に浮かぶ、人口わずか七万人の小さな島国。近隣の島々に林立しているような大型リゾートホテルは、一軒もない。道路や空港の整備は、極端に遅れている。そのせいか、この島を訪れる観光客は少なく、美しく荒々しい海岸や手つかずの密林が残され、野生動物たちは大切に守られている。大自然のほかには「何もないところ」だけれど、だからこそ「何もかもがある」と、言えるのかもしれない。

わざわざフランス領ギアナから運んできた、雨風に晒《さら》されても腐らない材木だけを使って建てられたというコテージは、熱帯雨林のジャングルのなかに畳み込まれるようにして、点在していた。オフィスの壁に貼られていた案内図を見て、私は驚いてしまった。コテージの数は、ゆうに五十以上もある。なのに、それらの建物は、外からはほとんど見えない。まるで隠し絵の世界そのものだと思った。段々畑のように整地されている急斜面に、埋め込まれている木の階段を上り切ったところに、予約していたコテージがあった。

「どうだ、ここ。気に入ったか」

ドアをあけて部屋のなかに入るなり、振り返って、夫はたずねた。

「素敵。気に入ったわ。シンプルで、エレガント。とっても素敵」

広過ぎるほど広い部屋には、余計な装飾は何も施されていない。天井も壁も床も、むき出しの木肌と木目。屋根と壁のあいだに空いた細いすき間から、海の香りを含んだ涼風が流れ込んでくる。

「見事なくらい、素朴な部屋だな」

夫は苦笑いをしたけれど、私は同じ言葉をくり返した。

「だから、素敵なのよ。見て、このベッドカバー」

手織りと思《おぼ》しきベッドカバーの色は、マリンブルー。ベッド、ライティングデスク、箪笥《たんす》、ソファーセット、珈琲《コーヒー》テーブル、ランプ、敷物に至るまで、何もかもが手づくりの工芸品だった。

影を取り込むためなのか、ガラスの代わりに木製のブラインドのはまっている窓から見えるのは、したたるような濃い緑の樹々の連なりと、目の覚めるような原色の花々と、歌いながら飛び交う小鳥たちの姿。観音開きになっている木戸を押し開けて、寝室からバルコニーに出ると、遥か彼方に、絵葉書のように切り取られた海と地平線が覗《のぞ》いていた。

ベッドサイドのテーブルの上には、

〈どんなことでも、スタッフにお申しつけ下さい。いかなるご要望にも応じられます〉

そんな英文のタイプされたカードが、ぽつん、と置かれている。〈いかなるご要望にも〉の部分だけ、大文字になっている。

「確かに楽園ね、ここは」

私は何度も感嘆のため息をついた。

成田を発《た》つ前に、すでにクレジットカードから引き落とされていた宿泊費用は、まるで数週間分なのかと思えるくらいに、高額だった。存分にお金をかけて、お金の匂いのしない贅沢《ぜいたく》を買ったのだと思った。

夫の希望をあれこれ聞いて、この島とこのコテージを探し出したのは、夫の秘書だった。航空券の手配もレンタカーの予約も、彼女がしてくれたという。「だって、それが彼女の仕事だからだよ」と、夫は笑いながら言った。大手自動車メーカーの顧問弁護士として働いている夫には、数年前から、専属の秘書がついている。

「俺が頼んだことなら、どんなことでもしてくれるんだ。ひとつの例外もなくね」

それが仕事だから。

会ったことは一度もないけれど、声は電話で聞いたことがある。名前を、山岸瑛子という。潑溂《はつらつ》としていて、いかにも頭の回転の速そうな人。留学経験があるのか、帰国子女なのか、カタカナの言葉が時折、ネイティブの英語風に発音される。夫は彼女を「山岸」と呼び捨てにし、彼女は夫を「中村先生」と呼んでいる。

夫と彼女は、もしかしたら、上司と部下の関係以上の間柄になっているのかもしれない。彼女は夫の〈いかなるご要望〉にも応じられるのだろうか。会社以外の場所でも。たとえそうであっても、今の私は、甘んじて受け止めるしかない。

もしかしたら、この旅の終わりに、別れを切り出されるのかもしれないと覚悟を決めて、ここまで来た。

なぜなら私には、夫の望むことを、何ひとつ、叶えてあげることができないのだから。


レンタカーで村巡りをしたり、世界遺産に指定されている山や滝までハイキングに出かけたり、エメラルドポンドと呼ばれている湖で泳いだりして、五日間のバカンスは、穏やかに過ぎていった。

きょうは事実上、この休暇の最後の一日。あしたの午後の飛行機でプエルトリコを経由してニューヨークシティまで戻り、空港ホテルで一泊したあと、あさっての朝、成田に向けて飛び立つ。

最後のディナーは、コテージの敷地内にある唯一のレストランで食べた。

朝、海で獲れたばかりだという白身魚、キングフィッシュをぶつ切りにして、トマトと玉葱とオレンジ色のピーマンと唐辛子で煮込んだシチュー。赤、黄、白の三種類のふかし芋。茹《ゆ》でてつぶした豆をソテーしたリフライドビーンズ。「カリビアンデライト」という名のコース料理。飲み物は、タマリンドジュース。

食後は、レストランのつづきにあるプールサイドで、思い思いに時を過ごした。夫は「食後の消化活動」と称してプールで泳ぎ、私は「食後のデザート」と称して、ロングカクテルを飲んだ。グレープフルーツダイキリ。ホワイトラムと、搾《しぼ》り立てのグレープフルーツジュースをシェイクしたお酒。庭で摘《つ》んだと思われるミントが添えられていた。葉っぱをちぎって齧《かじ》りながら、強いお酒をゆっくりと味わった。

そのあと、ふたりで広大な敷地のなかを散歩した。すみれ色の夕暮れ時。石畳の遊歩道は、神経質なまでに整備されていて、塵ひとつ、枯れ葉一枚、落ちていない。敷石のあいだには、雑草も苔《こけ》も生えていない。

歩きながら、どちらからともなく、手をつなぎ合っていた。

「名残《なご》り惜しいね。きょうで終わりか。あっという間に終わったな。楽しかったね」

独り言をつぶやくように、夫が言った。どんな感情もこもっていないようにも、ありとあらゆる感情がこめられているようにも、聞こえる声で。

夫の手を軽く握り返しながら、私は優しい笑顔で言葉を返した。

「私も楽しかったわ、本当に。ふたりでこうして旅に来られて、幸せよ。ありがとう」

そう言いながら、言い終わったあとも、思っていた。これは、心からの言葉なのだろうか。楽しかったのか、幸せだったのか、今も幸せなのか、感謝しているのかどうか、自分でもよく、わからない。たぶん、そう思いたくて、自分にそう思い込ませたくて、発した言葉だったのだろう。

「何年ぶりになるのかな。俺たち……」

夫はそう言って、私の手をいっそう強く、握りしめた。俺たち、のあとにつづく言葉を聞くのが怖くて、私はわざと明るい口調で答えた。

「ほんと、何年ぶりかしら。こんな風に手をつないで、散歩するなんて」

ふたりとも、数えなくても、わかっていた。しかし、数えたくない。

夫婦で旅行をするのも、恋人同士のように手をつないで歩くのも、あの子が生まれた年以来のことなのだ。脳と心臓に欠陥を持って生まれ、苦しいだけの生を二年ばかり生き、力尽きて静かに逝《い》ってしまって、何年が経っただろう。

私たちはずっと、旅はおろか、散歩も、外食も、映画も、観劇も、およそ楽しいと感じるようなことは何ひとつ、できなかった。いいえ、したくなかった。懸命に、避けてきたと言っていい。幸せになってはいけない。苦しむこと。悲しむこと。私たち夫婦にできることは、そのふたつしかない。幸せになるなんて、許されない。そう思うことでしか、自分たちの生を支えられなかった。

ふたりとも、血眼《ちまなこ》になって、働いた。夫は弁護士として、一気に山の頂上を目指すような勢いで。私は保険会社の営業事務員として、朝から晩まで井戸を掘りつづけるように。息子の生前は、手術費用を稼ぎ出すために、少しでも高度な先進医療を受けさせたくて。亡くなったあとは、悲しみから逃れたい一心で、会社で働く以外に、アルバイトもした。夫は予備校の講師として、私は深夜営業のコピー店の店員として。時間を埋めたかったのだ。涙以外の何かで。

夫が知人のすすめで購入していた株が急騰し、幼い息子の死後、決して少ないとは言えない金銭が転がり込んできた。けれど、どんな幸福も得られなかった。私も、おそらく夫も、不幸なままだった。私たちは、生きることも死ぬこともできないような日々を送り、体は生きていても心は死んでいるような時間をやり過ごしてきた。

よくがんばったね。

だから、もう。

隣を歩く夫に、私は手のひらの熱で伝えようとした。だから、私のことはもう、何も心配しなくていいのよ。もしもあなたがあの人と、あなたの秘書と、人生をやり直したいと思っているのなら、私は――

私は、それでいいのよ、と。

「海岸まで、降りてみるか」

整備された遊歩道が途切れたところまで歩いてきた時、夫は立ち止まって、そう言った。私に問いかけているようでも、自分に問いかけているようでもあった。

「そうね」

遠くから眺めるだけで、海のそばまでは、行っていなかった。波の音は始終、耳にしていたけれど、その波に足を洗われてはいなかった。

「行ってみましょう」

と、私は言った。夫の背後に伸びている影に向かって。

「じゃあ、俺が先に行くから、転ばずに、ついてこいよ」

　切り立った崖を覆い尽くしている草をかき分けながら、道なき道を進んでいって、やっとのことでたどり着いた。

　波の荒い、まるで人を拒《こば》んでいるような、高潔な海だった。色はインジゴ。泳ぐことはできない。ただ、そこに在るだけの海。浜辺をぎっしり埋め尽くしているのは砂ではなくて、小石。その小石の色がはっと胸を衝《つ》かれるほど、白い。しゃがんで、ひとつだけ拾い上げてみると、石は手のひらのなかで砕けて、指のあいだからさらさらと、流れ落ちていく。誰が積み上げたのか、積み上げられたあと、波に崩されたのか、そこここに、大小さまざまな小石の塔が残されている。まさに、賽《さい》の河原だと思った。親よりも先に死んだ子が苦行を強いられる場所。

　そう思うと同時に、まぶたが涙で膨らんできた。夫に見られたくなくて、あわてて指で拭い取る。

「あ、あんなところに」

　夫が指さす方を見ると、そこに、小屋か何かの残骸のようなものがあった。小石のなかに斜めに突き刺さるようにして、辛うじて立っている、もとは柱だったと思われる丸太が数本。朽ち果てた板。腐りかけたココ椰子葺《ぶ》きの屋根。鳥の糞で汚された木材の切れ端。割れたガラス瓶の破片。

「なんだろうね」と言い合いながら、ふたりで近くまで行ってみた。

「なんだったのかしら」

「漁師の小屋かなぁ」

「こんな波の荒いところで、漁なんてできるのかな」

どんなに想像のかけらを寄せ集めても、それらの瓦礫《がれき》からは、どんな像も、どんな情景も、浮かんでは来なかった。

「あっ、あれは」

廃屋の背後を、小さな人影が横切ったような気がして、私は思わず声を上げた。

「野良犬だろう。いや、鷗《かもめ》かな」

と、夫が言った。

ううん、そうじゃない。あれは、幼い男の子だった。喉《のど》まで出かかっていた言葉を、私は呑み込んだ。

あれはあの子だった。

確かに、あの子だった。

あの子が私たちに、会いに来てくれたのよ。


真夜中。

時差のせいなのか、ふいに目が覚めて、そのまま眠れなくなってしまった。しばらくのあいだ、コテージの高い天井に映し出されている、不思議な光の模様を眺めていた。山の急斜面に建てられているコテージと、麓《ふもと》にあるオフィスやレストランや庭を結ぶ階段。おそらく、その階段の両脇に設《しつら》えられている灯りの反射なのだろう。まるで、子どもの頃に見たプラネタリウムのようだ。

私の隣には、夫が寝ている。

手を伸ばせば、いいえ、伸ばさなくても、届きそうな場所に。いいえ、届きそうで、決して届かない場所に。

聞き慣れた規則正しい寝息が闇のなかに、吸い込まれていく。夫は私と違って、枕が変わっても、いつでもどこでも、立ったままでも、たとえ五分でも、熟睡してしまえる人だ。

「それくらいのタフさがないと、やっていけないんだよ。俺の仕事に必要なのは、体力と気力と……あとは、忘れる力かな」

「忘れる力」

「いちいち覚えていたら、体がもたないからね。ひとつの仕事が終わったら、その仕事のことは、きれいさっぱり忘れる。何もかも。仕事をしていない時には、仕事のことは考えない。切り捨てる力と言ってもいいかな」

「私には無理ね、できそうもない」

かつて、そんな会話を交わしたことがあった。

大企業の利益を守り、さらなる利益を追求するために、いったいどれほどの物を、あるいは人を、人との関係を、情け容赦なく、切り捨ててきたのだろう。

今、どんな夢を見ているのか。夢など見てはいないのか。

どんな難題でも即座に解決してみせる。勝訴できない裁判はない。そんな自信に満ちあふれた腕利き弁護士の、ほんの少しだけ丸められた背中は、まるで少年のように無防備で、いじらしくさえある。

声には出さないで、呼びかけてみる。

「まあくん」

この人のことを、そんな風に呼んでいた時代があった。

夫は私の大好きな「まあくん」で、私は夫の大切な「絵美ちゃん」だった。

私たちは、日本海沿岸のなんの変哲もない地方都市の同じ町内で生まれ育った、幼なじみだった。親同士の仲も良く、ふたりともひとりっ子だったので、しょっちゅう互いの家を行き来しながら、まるで兄妹のように、一緒にご飯を食べたり、遊んだり、勉強したりしていた。

早熟だった私は「大きくなったら、まあくんのお嫁さんになる」と言いつづけていた。町はずれにできたばかりのラブホテルで、体を重ね合ったのは、私が高二の春休み。法学部で有名な東京の大学に合格していた彼は、その年の四月から町を出て上京し、ひとり暮らしをすることになっていた。

「さようなら、よね？　東京へ行ったらきっと、まあくんは私のことなんて、すぐに忘れちゃうよね」

「忘れない。忘れるもんか。俺はりっぱな弁護士になって、必ず絵美ちゃんを迎えに来るからな。待ってろよ」

「ほんと？　約束してくれる」

「する」

ベッドの上で、指切りをした。嘘ついたら、針千本、飲ーますと声をそろえて誓い合って、笑った。笑いながら、唇を合わせた。けれど、それから五年あまり、私たちは互いに、初恋の人のことはきれいさっぱり忘れていた。私は彼を追いかけて東京へ出ていったりはしなかったし、彼も地元へはめったに戻ってこなかった。ふたりとも、別の人を好きになったり、好きになられたり、恋以外の何かに夢中になったりしていた。

切れていた糸がつながったのは、私の父が亡くなった時。

私は私立の女子短大を出たあと、実家の近くにあるお寺が営んでいる幼稚園で、事務員として働いていた。葬儀の席に姿を現した彼は、見違えるほど痩せて、精《せい》悍《かん》になっていた。鋭く研ぎ澄まされた視線で、まぶしそうに、私を見つめた。彼は大学在学中に司法試験に合格し、卒業後一年半ほど、法律事務所で働いたあと、引き抜かれて、大手自動車メーカーの顧問弁護士になったばかりだった。

葬式と埋葬が終わったあと、彼は私よりも先に母のもとに挨拶に行き、その場

で、

「絵美ちゃんを僕に下さい」

と、頭を下げた。

そうしてその夜、私を両腕に抱きしめて、湿った声で囁《ささや》いた。

「約束しただろ。必ず迎えに来るって。俺は、有言実行主義者なんだ。約束は、絶対に破らない。これからはお父さんに代わって、俺が絵美ちゃんを守る。死ぬまで」

「死ぬまで、なの」

「当然だ。なんなら死んだあとも、守ってやろうか」

「嬉しい」

「嬉しいか」

「すごく、嬉しい」

まあくん、と、呼びたくても、呼べなくなっていた。そう呼ぶには、彼はあまりにも男で、私はあまりにも女、だった。

男の胸のなかで、女は甘えた声を出した。

「私のこと、何があっても、離さないでね」

以来、私は徹底して夫に甘え、従い、仕えた。そういう妻の役割を、喜んで引き受けてきた。彼は私を徹底的に甘やかし、私を支配し、私に君臨した。上下関係があったのではない。それぞれの役割を演じ切ることから得られる至福と快楽の味を、私たちはよく知っていたのだと思う。たぶん、幼い頃から。

新婚旅行は、シドニーへ。

「絵美ちゃんの欲しいもの、なんでも買ってやる。何が欲しい」

「コアラのぬいぐるみ、百個」

冗談でそう言うと、夫はホテルの一階にあったギフトショップから、正確に百個、ぬいぐるみを調達して、部屋に届けさせた。

「でも、もうひとつだけ、本当に欲しいものがあるの」

「なんだ」

「それは……まあくんにそっくりな、男の子」

「よし、わかった。今から仕込んでやる」

ぬいぐるみ百個に囲まれて、愛を交わした夜。私の胎内に授かった、ハネムーンベイビー。愛《いと》しい可愛い私の男の子。夫は私に、私の本当に欲しいものを与えてくれた。

ベッドから起き上がって、私はそっと蚊帳《かや》の外に出た。

部屋に備えつけられている冷蔵庫のなかから、ミネラルウォーターのボトルを取り出して、喉を潤したあと、寝室のつづきにあるバルコニーに出てみた。

カリブの海から丘を駆け上がってくる潮風に、素足や肩や髪の毛を撫でられる。ハイビスカスと鸚鵡《おうむ》の透かし模様の入った、ミッドナイトブルーのサンドレス。その下には何も、着けていない。むき出しの背中に、密林のなかから滑り降りてくる、透明な蛇のような冷気が心地好い。

近くの草むらのなかでは、蛙なのか、蜥蜴《とかげ》なのか、わからないけれど、小さな生き物たちが懸命に、互いに言葉をかけ合っているかのようにして、鳴いている。可憐な声。雨乞いをしているのか。もしかしたら、死者の霊を慰めているのかもしれない。

振り返って、ベッドの上に横たわっている夫の方を見た。

乳色の蚊帳のなかで昏々《こんこん》と眠っている夫は、まるで蠟《ろう》人形のように見える。小さく「ごめんね」とつぶやく。

あなたの望みを叶えてあげられなくて、ごめんなさい。

今夜も、私はどうしても、夫の体を受け入れることができなかった。行為の途中で、私は半泣きになって「許して」と言うしかなかった。

「どうしても、駄目かな」

「どうしても、駄目みたい。ごめんね。本当に、ごめんなさい」

心は叫んでいた。できない。到底できない、こんなこと。私はあの子のことが忘れられないの。切り捨てられないの。忘れたくないの。私は、幸せになってはいけないの。あの子を置いて、勝手に幸せになったりしては、いけないの。

「おまえは俺のことがそんなに……」

「違うの。あなたには、問題はないの。何もないの。これは、私の問題。私ひとりの問題。私が悪いのよ。許して」

「………」

似たような会話を、これまでに幾度、くり返してきただろう。

「気持ちはわかる。だけど、もうそろそろ」

「駄目なの。あなたにはできても、私にはできない。忘れるなんて、そんなこと」

子どもなら、よそでつくって、と、言いそうになるのを、私は今夜もこらえた。哀しかった。ここは哀しい楽園だと思った。どんなに努力しても、どんなにお金をかけても、私たちの体と心はもう、ひとつにはなれない。そのことを確認するために、わざわざ長いフライトに耐えて、この島まで来たようなものだ。

そして、あしたは日本へ向かって、飛び立つ。私たち夫婦に、どんな未来があるのか、どんな未来もないのか、わからないけれど、とにかく今はここから、去っていくしかない。現実に戻ってゆくしかない。殺せない胸の痛みと、荒れ果てた廃屋のような心を抱えて。

バルコニーに出ると、手すりに両肘《ひじ》をついたまま、海を眺めた。

遥か彼方に広がる海原は、空よりも夜よりも、闇よりも濃い漆黒《しっこく》に染まっている。まるで、死後の世界がそこに、在るかのようだ。潮騒も、ここまでは届かない。

あの子は今、あんな真っ黒な世界にいるのだろうか。

呼びかけた。

あなたは、どこにいるの？　そこは寒くない？　おなか、空いてない？　ひとりぼっちで、寂しくない？　ママは、ここにいるよ。大丈夫だよ。いつも一緒。いつも一緒にいるから。

底なしの闇に向かって、ひとりで呼びかけて、ひとりで応えながら、泣いた。幾筋も幾筋も頰を伝っていく涙を、指で拭おうとした、その時だった。視界の片すみに、ぱちぱちと弾けて飛び散る、火花のようなものが見えた気がした。

誰かが浜辺で、花火でもしているのだろうか。こんな真夜中に。

それとも、釣り船の灯り？

それとも、ただの目の錯覚？　幻の光？

目を凝《こ》らして、眼下の闇を見つめた。睨《にら》むようにして、見つめつづけた。幻ではなかった。真っ黒な浜辺の一角で、小さな光の粒が首飾りのようにつながって、煌《きら》めいている。光は私に向かって「おいでおいで」と、呼びかけているように見える。

おいでおいでは「来て来て」に変わった。

あの子が私を呼んでいる。やっぱりあれは、あの子だったのだ。夕方、あの賽の河原で見かけた、小さな人影は。

ママ、ここに来て。僕のそばに来て。迎えに来て。

そんな幼子《おさなご》の声が耳もとまで届いた。

スカートの裾《すそ》を翻《ひるがえ》して、私は部屋から飛び出した。裸足で、階段を駆け降りていく。風がココ椰子の葉を揺らす音も、小さな生き物たちの鳴き声もすっかり消え、あたりにはひたひたと、私の立てる足音だけが響いている。

コテージから遊歩道まで降りると、そのまま走りつづけた。何も考えてはいなかった。ただ、足の赴くままに、進んでいった。息がつづかなくなるまで走って、立ち止まったのは、遊歩道の突き当たり。数時間前に、私たち夫婦はそこから、道なき道を歩いて、小石だらけの浜辺まで下っていったのだった。

けれども今、私の目の前には、真新しい木彫りの看板があった。セルリアンブルーの蛍光灯に、彫られた英字が照らし出されている。

THE STRAY CAT

A Beachside Bar

目をこすって、もう一度、見た。何度も見た。確かにある。道がある。信じられない。目の錯覚ではない。「まいごの猫　ビーチサイドバー」と刻まれた看板の下から、遊歩道と同じ石畳の階段がゆるやかなカーブを描きながら、延びている。草は整然と刈り込まれて、階段の両脇には、白いジャスミンの鉢植えが点々と置かれている。

美しい階段を、私は降りていった。もう、走ったりしなかった。背筋を伸ばして、ゆったりと、優雅に、歩いていった。

遠くから、軽快なレゲエが聞こえてくる。音楽が近づくと同時に、波音も近づいてくる。やがて、足もとから、人の気配が漂い始めた。笑い声、話し声、歓声。シャンパンの栓が抜かれる音。グラスとグラスが合わされる音。

階段を降り切ったところで、バーテンダーと思しき青年に出迎えられた。

「いらっしゃいませ！」

「こんばんは」

「どうぞこちらへ」

「ありがとう」

石の階段はそのまま、ココ椰子葺きの屋根と丸太だけでつくられたバーへとつながっていた。ドアもなければ、壁も窓もない、吹きさらしのバー。

カウンターで飲んでいるお客たちが私の姿に気づいて、次々に声をかけてくれる。さまざまな国籍の老若男女。夫婦、恋人たち、ゲイのカップル。踊っている人、歌っている人、ギターをかき鳴らしている人。「ハーイ！」「ハーイ！」「グッド・イーブニン！」「ハウアーユー・ドゥーイン？」「アイム・オーケイ。アンド・ユー？」「グレイト」――英語のほかに、スペイン語、ときどきフランス語も交じる。

すすめられるままに、私はカウンターの端っこに腰を下ろした。

「さて、今夜はきみに、何を差し上げればいいのかな。美しいお嬢さん」

チーターみたいに手足の長い、別のバーテンダーが私の前にやってきて、言った。人なつこい笑顔。まぶしいくらいに輝いている、褐色の肌。

「残念ながら、私はお嬢さんではありませんけど」

そう言って、微笑みを返したあと「ピニャコラーダを」と言おうとして、やめた。隣で飲んでいた初老の男性が私の手もとにさりげなく、ふたつ折りにされたカードを差し出してきたから。淡い水色のカードを取り上げて開くと、そこには、コテージの部屋に備えつけられていたカードと同じ種類のタイプライターで打たれた、古風なアルファベットが並んでいた。

あなたの行きたい場所にお連れします
どこへでも、あなたのお望みのその場所に
そんなカクテル、いかがですか

黙ってカードから顔を上げると、さっきからずっと、私の顔を見つめていたらしいバーテンダーの目と、私の目が合った。

カードを閉じてにっこり笑った私に、彼はウィンクを返してきた。

「オーケイ！　了解したよ」

バーテンダーはくるりと背を向け、慣れた手つきで棚から酒瓶やリキュールの小瓶を抜き取って、私の目の前にすっすっすっと置いた。まるで手品を見せられているようだった。地元産のホワイトラム、アマレット、ブルーキュラソー。ピッチャーに入っているライムジュースと、パイナップルジュース。陽気なレゲエのリズムに合わせて、踊るようにシェイカーを振ったあと、氷を満たしたハイボールグラスになみなみと注ぎながら、彼は言った。

「ようこそ、ブルーヘブンへ」

目に染みるように蒼い液体。コバルトブルーと表すればいいのか、瑠璃《るり》色というのは、こんな色だったか。天国の空は、こんな色をしている？

「なんてきれいなお酒……」

ひと口飲んで、ほっとため息をついたあと、残りは一気に飲み干した。まだ喉が渇いている。同じものをもう一杯、注文した。三杯目は、血管と神経を潤すために。そして四杯目は、脳味噌を溶かすために。

「これで、行きたい場所に行けるのね」

問いかけると、バーテンダーは「ザッツ・ライ」と答えた。飲みながら私は彼に、私の行きたい場所を教えた。拙《つたな》い英語を駆使して、一生懸命、伝えた。彼は「うんうん」とうなずきながら、私の話に耳を傾けてくれた。

「大丈夫だよ。きっと行ける。ドント・ウォーリー。すべてはうまく行くから」

ほどなく、バーテンダーはほかのお客に呼ばれて、私の前から去っていった。

どれくらいの時間、ひとりで飲みつづけていただろう。

飲んでも、飲んでも、四杯目のグラスは空にならなかった。不思議なことに、ブルーのお酒は永遠に、減らないのだった。

それでも飲みつづけた。

行きたい場所に行くために。

私はそこで、何をしたいの？

答えを探すために、私はグラスを手にしたまま、椅子から滑り降り、海に向かって歩き始めた。答えは海にある。なぜか、そんな確信を抱いている。夕方、夫と一緒にここを歩いた時には、小石に足を取られて、ちっともうまく歩けなかったというのに、今はまるで飛び魚のように、風のようにすいすいと、進んでいける。

振り返って、バーの方を見た。

バーテンダーが私に手を振っている。左右に大きく。

「ドント・ウォーリー！　そのまま進め、どんどん行け」

そんな声が聞こえた気がした。

波打ち際にグラスを置いて、海のなかに足を踏み入れてみた。

一歩、二歩、三歩、四歩、五歩。

そろそろと歩いて、立ち止まると、着ていたサンドレスをするりと脱いで、真っ裸になった。もっと海を感じたい。海に包まれたい。海に溶けてしまいたい。

さらに歩みを進めた。石に足を取られて、転んだ。鼻と口の両方から、海水が体内に流れ込んでくる。苦しくもなく、怖くもない。波は柔らかく、水はあたたかい。気持ちいい。とっても気持ちがいい。波に巻き上げられた小石が背中や胸に当たって、痛い。だけど、大丈夫。私の体のなかには、魚が棲《す》んでいる。その魚が泳ぎ出したがっている。そうだ、私は魚だったのだ。いくらでも泳げるし、いつまでだって、泳いでいられる。泳いで、どこへだって行ける。

あの日のように、あの冷たい雨の昼下がりのように。

しばらくのあいだ、私は自由な魚になって、海のなかにいた。ゆらゆらと波間を漂いながら、ときどき海面から顔を出して、近くなったり遠くなったりするバーの灯りを眺めつづけていた。

もっと遠くへ、もっともっと遠くまで、泳ぎ始めようとした瞬間だった。私の呼吸はぴたりと止まり、私の体は海底を目がけて、まっすぐな棒を突き立てるようにして沈んでいった。苦しくもなく、怖くもなかった。波は柔らかく、水はあたたかかった。気持ちいい。とっても気持ちがいい。私はかつて、ここにいた。ここで生まれて、ここで暮らしていた。私はそこへ帰ってゆく。私の生まれた場所へ。ブルーヘブンへ。

そしてそこには、あの子が住んでいる。私はあの子のもとへ行く。蒼い楽園で、あの子と一緒に暮らす。今、行くからね。もうすぐ行くからね。待っててね。

気がついたら、私の体は浜辺に打ち上げられていた。

いつのまにか、白々と夜が明けようとしている。

生まれたばかりの陽《ひ》の光に照らされて、まぶしさのあまり、閉じたままではいられなくなったまぶたをあけると、ココ椰子の林のなかに、私は裸で横たわっていた。顔には髪の毛が張りつき、腕や肩や太ももには無数のすり傷がある。頭がくらくらする。両手で頭を抱えて、突き刺さってくるような頭痛に耐えた。

バーで強いお酒を飲んだあと、海に入ったところまでは、記憶に残っている。波に弄《もてあそ》ばれている時、砂や小石のかけらが背中や胸に当たって、痛かったことも覚えている。

そのあと、海から上がって、そのままここで夜を明かしてしまったのだろうか。戻らなくては。

夫が目を覚ます前に、あの部屋の、あのベッドまで帰らなくては。あの清潔なシーツとシーツのあいだに。

よろよろと立ち上がって、朝露に濡れた草を搔き分けながら、崖の急斜面を這い上がり、コテージの敷地内にある遊歩道まで戻った。遊歩道から直接、ジャングルのなかに分け入って、私たちの泊まっているコテージへとつづく木の階段を探した。何度か転びそうになった。蔓草《つるくさ》が足に絡まっている。それを解《ほど》いて、歩きつづけた。草の棘《とげ》で切れたのか、手も足も胸も血だらけだった。やっとのことで探し当てた階段から、滑り落ちないよう、注意深く一歩ずつ、踏みしめるようにして上り、ドアの前までたどり着き、ノブに手を掛けた、その時だった。

私の手は、凍りついてしまった。

部屋のなかから、人の声がする。部屋を間違えてしまったのかと思い、引き返そうとした私の背に、聞き覚えのある女の声が届いた。

——中村先生、お願いです。

ああ、これは——

これは、夫の秘書の山岸瑛子の声。私と違って、女らしくて高く、か細くさえずる小鳥のような。その声に、応えている男の声。

聞いていいのか。聞くべきなのか。聞かないでいた方がいいのか。戸惑い、迷っているうちに、ふたりの会話が突然、途切れた。濃密な吐息に満たされたような、沈黙が扉の向こう側に満ちている。何をしているの？　私の胸のなかで、心臓が飛び跳ねた。今、この部屋のなかで、いったい何が起こっているの。

やがて、女の泣き声が聞こえてきた。

泣き声に重なった男の声は低く、その口調は幼子を宥《なだ》めすかす、若い父親のそれを思わせた。女のすすり泣きは嗚咽《おえつ》に変わり、そのあとにつづいたふたりの会話は、天井からベッドに向かって叩きつける、土砂降りの雨のような言葉の応酬だった。これは、愛の言葉？　それとも？　聞いても、聞かなくても、絶望するに決まっている男女の会話に、私は耳を傾けた。いや、心を傾けた。全身を傾けて、聞き取ろうとした。

――どうしてなの？　どうしてですか。

――困るよ、そんなこと、言われても。約束違反じゃないか？　こういうのは。

――だって、会いたかったのよ。私、先生に会いたくて、たまらなくて、それで、こんなにも遠いところまで、やってきたのよ。たったひとりで。なのに、ひど過ぎます。こんな仕打ちをするなんて。

――悪いね。だけど、俺、来てくれと、頼んだ覚えはないぞ。

――ひどい。そんなこと言うなんて、先生ひどい。

――ひどいのは、そっちじゃないのか。勝手なことばかりして。

――奥さんのことがそんなに、そんなに好きなの？　未練がましいのね。何年も前に死んだ人のことがまだ、恋しいの？　忘れられないんですか。

何年も前に、死んだ人。

そうだった。思い出した。霧が晴れるように体じゅうの痛みが消え、澄み切った頭のなかに、ゆうべ、褐色の肌をしたバーテンダーが私に、言い渡した言葉がよみがえってきた。

「わかったよ。きみの行きたい場所は、よくわかった。そこへ行くことは、もちろん可能だよ。だけど、いいかい。もしもきみが今夜、そこまで行ってしまったならば、きみはそのあとにつづく時間を永遠に失うことになる。それでもいいのかな」

「いいわ」

私は答えた。「かまいません」と、迷うこともなく、きっぱりと。あの子を取り戻せるならば、私は何も要《い》らない。そのあとにつづく時間など、欲しくもない。

夫の声が流れてきた。

まるで私に話しかけているようだった。

――ああ、忘れられない。死んでも、忘れられないし、忘れたくないんだ。俺には彼女しかいないし、俺たちの子はあの子しか、いない。俺たちは家族なんだよ。今は離れ離れに暮らしているけれど。

私の頰にゆるゆると、笑みが浮かんでくるのがわかった。彼方の海に、力強い太陽が姿を現した。海は空の蒼に染まり、空は海の蒼を映し出し、大地も風も密林も、何もかもが青い。きっと、浜辺の小石も、打ち寄せる波も、今はシアンの光に縁取られているだろう。この楽園から、私はもうどこへも、戻らなくていいのだと思った。

銀色の銃弾

Silver Bullet

Gin
Fennel
Juniper
Lemon

誠司さんの帰りは、今夜も遅い。

ベッドルームの壁に掛かっている時計の針はほとんど重なって、一本に見える。もうじき、時計の下の方にある扉が開いて、なかから飛び出してきた天使の人形がトランペットを吹きながらくるくると、十二回、舞うのだろう。おそらく一体一体、丁寧に、手づくりされたと思われる人形は、ため息が出そうなほど、美しい。何度、見ても、飽きない。だから、わたしの目は一時間ごとに、この時計に釘《くぎ》づけになる。

「前に付き合っていた人から、もらったんだ」

いつだったか、誠司さんは教えてくれた。

「もらったというよりも、ふたりのために買ったというべきかな。俺たち、結婚する予定だったから」

「………」

「式と披露宴の日取りも決まってたし、招待状も印刷済みだった。新婚旅行は、カナダ。新居はここ、このマンション。ふたりであちこち見て回って、やっとのことで決めたんだよ。このベッドもね、一緒に家具屋に出かけて、買ったんだ。それなのに、あいつは俺を裏切って」

「………」

何も答えを返せなくて、黙っていると、誠司さんはわたしの体を優しく抱きしめて、耳もとで囁《ささや》いた。わたしの耳たぶのうしろの黒子《ほくろ》に触れながら。

「怒ってるの」

わたしは小さく頭を横に振り「怒っていません」と伝えた。

「そうか。怒ってないのか。許してくれるんだな。嫉妬もしないんだな、純子は。なんていい子なんだ。純子は本当に本当にいい子なんだな。おまえは俺を、絶対に裏切ったりしないものな。ああ、純子みたいに無垢《むく》で、純真で、汚れのない女に、もっと早く出会いたかったよ」

喉《のど》に声を詰まらせて、誠司さんは言った。

「おまえのこと、大事にするからね。結婚式はしてやれないけど、毎日がハネムーンだよ」

嬉しくて、誇らしくて、わたしはほとんど泣きそうになっていた。それでも、いつもの笑顔で、誠司さんを見つめた。見つめつづけた。

愛しています。

世界で一番、誰よりも、あなたのことを。

そんな気持ちを一生懸命、瞳にこめて。

「そうか、そうか、そうなんだね。わかってる。うん、わかってるよ。俺もだ。俺も、おまえだけだよ、心の底から愛してるのは」

誠司さんは人さし指と中指で、わたしのまぶたを片方ずつ閉じると、頬に触れ、唇に触れ、首筋に触れ、肩に触れ、胸に触れ、それからわたしの体のあちこちに、キスをしてくれた。

「きれいだ。信じられないくらい、きれいだ」

くり返し、つぶやきながら。

「俺にはおまえしかいない。純子、俺にはおまえしか」

初めは情熱的に、叙情的に。やがて激しく、荒々しく。そして最後にはいつも、わたしの体がばらばらに壊れてしまいそうなほどの愛の行為が施されるのだった。

「こうか？　こうだな。よし、わかった。こうして欲しいんだな」

誠司さんの両腕のなかで、人形になる。

天使の人形になって、踊る。

そんな時間もあったのだ、と、わたしは思っている。今夜も、いつ帰ってくるとも知れない誠司さんの帰りを待ちながら、空っぽのベッドのなかで、冷たいシーツにくるまれて。言葉にしなくても、わたしの想いがすべて、誠司さんに伝わっていた時間もあったのだと。

＊＊＊

「課長、もう一軒、行きましょうよ」

地下二階にある居酒屋から、地上に上がっていくエレベーターのなかで、直属の部下の山本から声をかけられた。腕時計を見ると、十一時を五分ほど回ったところだ。

　山本の方は見ないで、俺は答えた。

「いや、今夜はこのあたりで」

　山本以外のふたりは、いくぶんほっとしたような顔つきになっている。山本だけがいかにも残念そうに言う。

「ええっ。もう、お開きですか？　なんだ、水臭いなあ」

　会社の近くにある割烹《かっぽう》で、これから大々的に売り出す予定の新商品の完成を祝って、開発課の主要メンバー総勢六人で飲んだ。いつもなら、このあとは店を替え、山本とふたりか、もしくは、独身の後輩がもうひとり加わって、男三人で飲んだくれるところだが、今夜はそうは行かない。

「頼むよ。勘弁してくれ。実はさっきの店で、調子に乗って、飲み過ぎたみたいなんだ。これ以上、飲んだら、ぶっ倒れてしまうよ」

「何言ってるんですか。まだまだ行けますよ。夜はまだ、始まったばかりじゃないですか。僕は朝までだって、大丈夫です」

「山本くん。勝手に青春しないでくれるか。俺たち、社会人なんだからさ。おまえだって、たまには早く家に帰って、かみさん孝行でもしてやれよ。家庭がしっかりしていないと、いい仕事はできないぞ。さっき、おまえもそう言ってたじゃないか。奥さん、育児で疲れて、ストレスたまってんだろ？　家に戻って、優しい言葉のひとつやふたつ、かけてやっても、ばちは当たらんだろう」

「なんですか、わかったようなこと言って。あ！　もしかしたら課長、これからどっか、行くところでもあるんですか」

図星だった。

一瞬、答えに窮した俺を、山本はとっちめるように言った。

「やっぱり。やっぱり、そうなんですね。女ですか？　女なんですね。あーあ、なんで課長だけ、そんなにもてるんですか。何か秘訣《ひけつ》でもあるんですか。あるんだったら、教えて下さいよ。畜生！」

「おまえ、今夜はずいぶん、荒れてるなぁ」

俺は山本を振り切るようにして、表通りに身を乗り出すと、タクシーを捕まえ、まだ何か、ぶつぶつ言っている山本を後部座席に押し込んだ。別の社員が素早く山本の隣に乗り込んだ。このふたりは、帰る方向が同じだ。残りのひとりは反対方向なので「失礼します」と一礼をしたあと、自分で別の車を拾った。

「あれっ、課長は」

　俺の帰るべきマンションも、山本たちと同じ方面にある。

「気分がよくないので、ちょっと歩いて、新鮮な空気を吸って、酔いを醒《さ》ましてから帰るよ。駅まで歩いて、電車で帰ることにするかな。今ならまだ、終電に間に合うし」

「またまたそんなこと言って、僕たちを撒《ま》くつもりなんですね」

　山本の言葉は無視して、俺は運転席の窓ガラスを叩いて、運転手に「行ってくれ」と目配せをした。

「お疲れさま。じゃあまた、あしたな」

　バタン、と音を立ててドアが閉まり、急発進した車はたちまち夜の闇のなかに紛れ込んで、見えなくなった。

　それを見届けてから、俺は歩き始めた。

　ＪＲの駅に向かって。

駅のそばにあるホテルに向かって。

1707号室に向かって。

ルミ子に向かって。

歩きながら、背広の胸ポケットから携帯電話を取り出して、開く。新着メールも留守番メッセージもないことを確認してから、ふたたびポケットに仕舞う。心のどこかで、ひそかに、今夜の約束が反古《ほご》にされていればいいのに、と、思っていたことに気づく。

〈スターライトホテルで待ってます。どんなに遅くなってもかまいません。待っています。必ず来て下さい〉

ルミ子から携帯メールが届いたのは、きょうの昼休みだった。一緒に昼飯を食っていた同僚たちと別れ、ひとりで喫茶店に入って、コーヒーを飲みながら、返信メールを打った。

〈あいにく今夜は先約あり。祝賀会なので、外せません〉

間髪を容《い》れず送り返されてきた、ルミ子からの返事はこうだった。

〈終わってから、来て下さい。朝になってもかまいません。ずっと、待ってます。

お部屋の番号は、あとでメールします〉

その文面からは、ルミ子の悲壮なまでの決意が読み取れた。今夜はもう、逃れられないな、と観念した。

〈わかりました〉

と、返信した。

いったい、何がわかったのだろう？　などと思いながら。

スターライトホテルは、駅の裏手にできたばかりの高層ホテルだ。「お洒落でエレガントなシティホテル」という謳《うた》い文句を、電車の吊《つ》り広告で目にしたことがある。およそ俺には縁のない場所だ。

ふと夜空を見上げると、彼方に三日月が浮かんでいた。鋭い爪で引っ掻《か》かれた、傷痕のようだ。その月のちょうど真下に、空を突き刺すような三角錐《すい》の形をした、ホテルの尖塔《せんとう》が見え隠れしている。

俺は今夜、あのホテルの十七階にある部屋で、ルミ子を抱くことになるのだろうか。

純子を裏切って。

まるで他人事《ひとごと》のように、そう思った。

制服の胸のボタンがぱらぱらと弾《はじ》けて、今にもなかから飛び出してきそうな勢いさえ感じられる、乳房。彼女が近くにやってくると、よく熟《う》れた、南の島の果実の匂いがする。果実の名前を問われても、答えることはできないのだが。若い男なら誰でも、つい手を伸ばして、触れたくなってしまうのではないかと思える、腰から尻にかけての曲線。いつも、しっとりと汗ばんでいるように見える首筋や項《うなじ》。坂下ルミ子。二十五歳。今まさに、脱皮して、蛇になろうとしている、あるいは最後のひと皮を誰かに剝《む》いてもらいたくて、手ぐすね引いて待ちかまえている。そんな女の肉体を、俺は抱くことができるのか。抱いて、悦《よろこ》ばせることができるのか。純子と同じように。


ルミ子とふたりだけで、会社の外で会ったのは、先月の初めだった。

「折り入ってご相談したいことがあるんです」

俺のデスクに、会議用の資料のコピーを届けに来た時、近くに人がいないことを確認してから、ルミ子は切り出した。思い詰めたような目をしていた。

「ご迷惑じゃなければ、どんなに短くてもかまいませんので、お時間、いただけないでしょうか？　お話ししたいことがあります」

　きっぱりとした口調だった。覚悟を決めている、という風でもあった。おそらく、あれこれ考えて、悩んだ末に決心を固めたのだろう。

　できるだけ感情をこめないで、俺は答えた。

「なんだろう？　時間なら、いくらでも提供できるけど。俺でよければ」

「ありがとうございます。嬉しいです」

　うつむいたまま、ルミ子はそう言った。声が少し、震えているような気もした。

　仕事関係か、あるいは社内での人間関係に関する相談事なんだろう、と、まず思った。同時に、頭のなかでパタパタとファイルを繰って、ルミ子の経歴を思い浮かべてみた。

　関西の専門学校を卒業したあと、大阪本社で採用され、事務職として、二年半ほど勤務。その後、本社からここ、関東事業所へ。当初は、所長の雑用係みたいな仕事をしていたと記憶している。俺の統括している第一開発課の経理チームに配属されたのは、去年の秋からだ。それまでは、まったく知らなかった。ルミ子が副社長の娘であるということなど。

「会議室か、ええっと、応接室の方がいいかな。俺の方は、あと三十分ほどしたら片づくから、そこで話を聞こうか？　それでいいかな」

さらっと明るく問いかけて、手もとの書類から目を離し、ルミ子の顔を見上げると、伏せられた睫毛《まつげ》が涙で湿っているのが見て取れた。

「あの……できれば……」

さっきとは打って変わって、低く、くぐもった声。

若い女の感情とは、どうしてこんなにも移ろいやすいのだろう、と、半ばあきれながらも、

「わかった。会社のなかでは、話しにくいことなんだね」

優しく問い返すと、ルミ子はこくりとうなずいた。

次の瞬間、ふっくらとした桜色の頬を、涙がひとすじ、伝っていった。可憐だと思った。年甲斐もなく、胸がきゅんとする、という感覚を味わっていた。仮に俺が彼女よりひと回り以上、年上の上司でなくても、それは「なんとかしてやらなくては」と思えるような、どうにも放っておけないような、痛々しい姿に見え

た。

その日、仕事が退《ひ》けたあと、会社からかなり離れたところにあるフレンチレストラン——予約は、ルミ子が取った——で向かい合って、ボルドー産の赤ワインを飲みながら、フルコースの食事をした。

「最初から順番にお話しさせて下さいますか」

オードブルがテーブルに届くと、ルミ子は話し始めた。

ルミ子には、専門学校時代から付き合っていた恋人がいた。互いの両親にも紹介し合って、結婚の約束もしていた。相手は五歳年上の、名の通った会社のサラリーマンだった。

「彼と結婚して、平凡な家庭を築きたいと思っていました。キャリアウーマンには興味がなくて、家庭のなかで、夫や子どものために尽くすことができたら、それもりっぱな仕事かなと思って」

などと、今時の女の子にしては珍しく、殊勝なことを言う。

ただ、結婚する前に、多少は「社会勉強」もしておいた方がいいだろうということになり、父親が副社長を務める本社に就職。いわゆる腰掛けのＯＬとして

「毎日楽しく」働きながら、結納を済ませ、式や披露宴の日取りも決め、新居への引っ越しなども着々と進めていった。そして、あとは寿退職をして、挙式の日を待つばかりという状態になっていたのだが、

「なんだか、このまま結婚してしまってはいけないような気がして」

そんな理由で、ルミ子は婚約を破棄してしまった。

「その人のこと、嫌いになったわけじゃないんです。でも、何かが違うという気がしてしまって。何がどう違うのか、自分でもよくわからなかったんですけど。女の勘みたいなものでしょうか」

婚約者はもちろんのこと、彼の両親やきょうだいや親戚も「もう一度、考え直して欲しい」と、懸命の説得に乗り出したのだが、彼女の決意は崩れなかった。直前になってのキャンセルだったので、周囲の人たちにはかなり迷惑をかけたようだった。みずから願い出て、本社から関東事業所へ移ってきたのは、彼女に対する非難、さまざまな視線や雑音から逃れたかったからだという。

「知らなかった。そんなことがあったとは……」

思わず、深いため息を漏《も》らしてしまった。ルミ子に対して、同情したのではな

い。その逆だ。なぜなら俺にも、似たような経験があったから。忘れもしない。あれは、今から五年前のことだ。公然の仲だった女から突然「嫌いになったわけじゃないの。でも、どうしても、あなたとは結婚できない」と宣告され、粉々に打ちのめされたのは。

グラスに残っていた赤ワインを一気に飲み干すと、俺は静かに口を開いた。

「それは、大変な経験をしたね。つらかったでしょう」

「いえ」

彼女は、きれいに料理を食べ終えた皿の上に、ナイフとフォークを並べて置くと、俺の顔をまっすぐに見つめて、微笑《ほほえ》んだ。婉然《えんぜん》と微笑みながら、言った。

「ここまでは、相談の前置きです。課長にご相談したいことはほかにあって、あの、ここまで来たら、もう何もかもストレートに告白しちゃいますね。実は、山本さんとのことなんです」

驚いた。どうしてここで、山本の名前が出てくるのか、皆目わからなかった。

けれど、

「山本って？　うちの課の山本？　山本が何か」

驚いて訊き返す、自分の声を聞きながら、俺にはわかってしまった。

「そうだったのか、山本ときみが……知らなかった。そういうことだったのか」

ルミ子の顔から微笑みが消え、代わりに、心細げな表情が現れた。まるで親にはぐれた子鹿のような目をしている。

「不倫ですけど、初めは確かに恋でした。でも今は、恋の重荷なんです。これ以上、ひとりで抱えているのが重くなって。それで誰かに、いいえ、課長に、話を聞いてもらいたくて。助けて欲しくて。課長、あたしのこと、軽蔑しますか？　しますよね」

「そんなこと……」

ウェイターがやってきて、ふたりのグラスにワインを注《つ》ぎ足し、去っていくのを待ってから、俺はあわてて否定した。

「いや、しない。軽蔑なんてしないし、実際のところ、してないよ。誰にでも、過《あやま》ちというものはあるからね」

自分でも「馬鹿じゃないの」と笑いたくなるような、常套句《じょうとうく》が口をついて出た。

ルミ子の顔がぱあっと輝いた。

「ほんと？　ほんとにそう思いますか？　ああ、よかった。あたし、課長に軽蔑されたらどうしようって、さっきからずっと、そればっかりを心配してたんです」

山本には、妻子がいる。彼はまだ二十八か、九のはずだが、学生結婚で一緒になった奥さんとのあいだに、子どもはふたり。下の子は、生まれたばかりの赤ん坊だ。

「別れようと思ってます。別れ話もしました。一度じゃなくて、何度も。でも……」

「山本が承知しないのか」

それとも、自分の踏ん切りがつかない？

会社で毎日、顔を合わせるのがつらい？

「それもありますけど、あたし、ただ課長に話を聞いてもらえるだけで……いえ、課長に打ち明けるだけで、大きく一歩、踏み出せるような気がして」

そのあとにルミ子は、別れたいのに、別れられない、苦しい胸の内を打ち明けた。

どこにでも転がっていそうな話だと思った。あまりにもありきたり過ぎて、意見を言う気にもなれない。最初から結末のわかっている映画を、何度も何度も観せられているようだ。退屈でならない。それでも俺は熱心に、ルミ子の話に耳を傾けているふりをつづけていた。

「悩む必要も、迷う必要もない。はっきり言って、別れるべきだと思うよ。傷が深くならないうちに、できるだけ早く、別れた方がいい。それがふたりのためだ」

「課長も、そう思いますか」

ルミ子が俺から「こう言われたい」と思っていることを、言ってやらねばなるまい。そんな気持ちで、俺は言葉に熱をこめた。

「きみはまだ若い。きみには明るい未来がある。山本には幼い子どもがふたりもいるんだし、あいつには家庭を捨てる気なんて、更々ないはずだよ」

「そうですよね。絶対に、別れるべきですよね」

似たような会話がくり返され、デザートを食べ終える頃には、

「これで、きっぱり別れる決心がつきました。課長に相談して、本当によかった

です」

似たような台詞《せりふ》がくり返されるようになっていた。

レストランを出たあと、最寄りの駅へと向かう道を並んで歩いている時、ふいに問われた。

「課長って、どうして独身を通してるんですか」

「どうしてって言われても……」

「このままずっと、ひとりでいるおつもりなんですか」

急に距離を縮められたような気がして、俺は亀のように手足を引っ込めたくなった。

「いや、それはまあ、あの……別に好き好んで、独身でいるわけではないわけで」

しどろもどろになってしまった。

実は俺にも過去に、きみと似たような経験があってね。と言っても、俺の場合、きみに「婚約を破棄された男」に似ているわけだけど、などと、話そうか話すまいか、迷っている俺の手を、ルミ子はぐいっと握ってきた。そして、挑みかかるように、言った。

「課長には、好きな人とか、いらっしゃるんですか？　付き合っている人とかは」

「いないよ」

とっさにそう答えて、ルミ子の手を握り返してしまった。さらに強い力をこめて、ルミ子は握りしめてきた。そうして、みずから指を絡め、吸い込んだ息を吐きながら、つぶやいた。

「よかった……」

なぜあの時、俺には「好きな女」がいると、正直に答えることができなかったのか。俺には、心の底から愛し合い、信頼し合って、一緒に暮らしている「人」がいるんだよ、と。彼女は今夜も、俺の帰りを待っている。待ちわびている。今か今かと、ベッドのなかで。冷たいシーツとシーツのあいだで。

それから、週に一度か二度、誘われるままに、ルミ子と会って食事をしたり、酒を飲んだりするようになった。そうこうしているうちに、山本とはすっかり、切れたようだった。山本に一時期、ひどく荒れていた日々があったのは、そのせいだろう。一方のルミ子は、不倫の呪縛から解き放たれたせいか、以前よりもますます妖艶に、匂い立つ薔薇《ばら》のように、花開いていくのがわかった。「課長のおかげです」と、何度も感謝された。

ただ、俺の方からルミ子を誘うことはなかったし、どんなに酔っていても、俺はルミ子に指一本、触れようとしなかった。そんなつもりは端《はな》からなかったし、抑え切れないほどの欲望も、いや、かすかな欲望すら、湧いてこないのだった。

だが、男と女のあいだでは、何がどう功を奏するか、本当にわからないもので、俺が積極的な行動に出ようとしないことがルミ子の心に――あるいは、体にも？――火を点《つ》けたようだった。

ある晩、別れ際に、泣きつかれた。

「どうしてなんですか？　あたし、寂しいです。悲しいです。どうして、あたしのこと、課長の方から誘ってくれないんですか？　抱いてくれないんですか？　あたしのこと、どう思ってるんですか」

「大切な人だと思ってるよ……きみは優秀だし、仕事もよくできるし」

大切な、部下だと思っている。

「だったら、なぜ」

「だって俺は、きみよりも」

「年なんか、関係ありません。課長はあたしのこと、好きじゃないんですか」

「いや、そんなことは」

好きなのか、嫌いなのか、はっきりさせてくれ、と言われたならば、俺はルミ子のことは「好きだ」と答えるだろう。ルミ子は、ちょっとわがままなところもあるが、可愛い女だと思う。喜怒哀楽がくっきり顔に出るところ。くるくると目まぐるしく変わる表情。頭もいいし、話も面白いし、気働きもできる。結婚すれば、いかにも「いい奥さん」になれそうな、そんな女だ。しかも、彼女は、副社長の娘。結婚すれば間違いなく、俺の将来は安定する。田舎のお袋とおやじも、さぞ喜ぶことだろう。

「だったら、どうして？　やっぱりほかに、好きな人がいるんですね」

「それは……」

「いないんだったら、なぜ」

引けば引くほど、ルミ子は俺に傾いてくる。俺の優柔不断はなぜか、彼女に対する俺の誠意と受け止められ、煮え切らない俺の態度は「そういうところが好き」と、彼女の気持ちを燃え立たせてしまう。そんな不思議な流れができていた。「あたし、好きなんです。課長のことが。今までの恋とは全然、違うの。本気なんです」

どうしたものか。

俺は今夜、この両腕にルミ子を抱いて「俺も好きだよ」と言うべきなのか。「愛してる」「結婚して欲しい」「結婚しよう」と。発酵し過ぎるほどにして、ぱっくりと口をあけ、俺を迎え入れようとしているルミ子に、豊潤な女の肉の塊に、俺はまるごと呑み込まれてしまうべきなのか。

純子を捨てて。

その瞳には俺の姿だけを映し、その心には俺だけを宿らせ、全身全霊で俺を信じ切っている、あの、天使の人形のような純子を裏切って。

俺に、そんなことができるのか？　精巧に創られた、芸術品みたいに美しく、一点の汚れもない純子の魂を壊すことが。抹殺《まっさつ》することが。この世から、消滅させてしまうことが。

前方に、ホテルが見えてきた。

「スターライトホテル」――。

さっきからずっと、そのネオンサインを目指して、歩を運んでいるつもりなのだが、どこでどう、通りの選択を誤ってしまったのか、歩けば歩くほど、ホテルはどんどん遠ざかっていくような気がする。

駅の周辺を行きつ戻りつしながら、三、四十分ほど、いや、もう五十分以上も、彷徨《さまよ》っている。首筋にも、脇にも、背中にも、汗が滲《にじ》んで、喉がからからに渇いている。割烹で食べた料理の塩分が強過ぎたのかもしれない。

水を飲みたい。

ああ、水を飲みたい。

冷たい水をぐびぐび飲みたい。今すぐ飲みたい。飲み干したい。

水、水、水。

そんな風に飢《かつ》えている時に限って、自動販売機も、コンビニエンスストアも見つからないものだ。

ホテルにも、水にも、たどり着けないまま、俺はいらいらしながら、ひたすら夜の街を歩き回っていた。携帯電話を取り出して、ホテルに電話をかけ、行き方をたずねてみたのだが、自分の現在地をうまく説明できないまま、電話は途中で切れてしまった。

ルミ子に直接、電話する気には、どうしてもなれない。どうしてなのか。その理由を考えるのも、面倒だ。とにかくホテルに向かうしかない。

気がついたら、都会の片すみに、ひっそりと取り残されたような住宅街に迷い込んでいた。どこからともなく、昔懐かしい土の匂いが漂ってくる。緑の香り、樹木の気配、植物の息づかい。無味乾燥なコンクリートジャングルのまっただ中に、こんな一角があったなんて、驚きだ。

小さな公園を囲むようにして、古い民家が立ち並んでいる。ところどころに廃屋も何軒か、挟まれている。民家が途切れたところに、つぶれてしまったとわかる中華料理のレストランがあり、その少し先の路上に、煌々《こうこう》と――実際は、うすぼんやりとした光だったのだが、俺の目にはそう映った――明かりの灯った店の看板が置かれていた。

「迷子の子猫」――。

バーのようだった。

苦笑いが俺の頬をゆるませた。

なんだ、今の俺にぴったりな、似合いの名前じゃないか。そう思った。道にも迷っているし、人生にも迷っている。ふたりの女のあいだで、迷っている。子猫ではないが、迷子になっていることは、確かだ。

とりあえず、あのバーで、水をもらおう。吸い寄せられるように、俺は店に向かって歩いていった。蔦の絡まったぶあついドアを押して、なかに入った。「ギイイ」と、ドアの軋《きし》む音がした。

「いらっしゃいませ」

出迎えてくれたのは、初老のバーテンダーだった。糊《のり》の利いている白い上着にも、白髪の交じった頭にも、いかにもこの道数十年というような風格を漂わせている。だが、威圧感は微塵《みじん》もない。それこそがプロのプロたる所以《ゆえん》か。

お客は、カウンターの端っこに、ひとりだけ。まるで自分の皮膚の一部であるかのように、着こなされた和服。ひとつにまとめた銀色の髪に、蝶《ちょう》を象《かたど》った髪留めを挿《さ》している、上品な初老の女性。バーテンダーとのあいだに、そこはかとなく流れる、どこか濃密な空気。もしかしたらこのふたりは、もと夫婦なのか、あるいは、老いらくの恋人同士なのかもしれない。

ボックス席は、窓際にひとつだけ。その座席にも、カウンターのスツールにも、はっとするほど白い、まさに純白のカバーが被《かぶ》せられている。壁に掛けられた小ぶりの額には、ひと筆で描かれたと思われる書画が収まって、雅やかな雰囲気を醸《かも》し出している。

俺は入り口に立ったまま、思わず、

「すみません」

と、謝ってしまった。

こんな店で、とにかく水だけ飲ませてもらおうだなんて、なんだか途方もなく無粋《ぶすい》なふるまいのように思えてしまったのだ。

そんな俺の胸の内を知ってか知らずか、

「さ、どうぞ。お掛けになって下さい」

バーテンダーは、穏やかな視線で、俺にカウンター席をすすめた。

スツールを包んでいる純白の椅子カバーを見た瞬間、俺の目の前で、透明な幕がさあっと上がったような気がした。お客を、舞台の上に立ったような気分にさせてしまう。それもまた、年季の入ったバーテンダーの為せる業なのか。

「あの、大変申し訳ないんですが、先にミネラルウォーターを一杯いただけますか？　ウーロン茶でもいいんですが。ジンジャーエールでも」

「すべてございますが、それでは還元水を差し上げましょう」

柔らかな微笑みと共に、カウンターの上に、たっぷり水の入ったグラスが置かれた。矢も楯もたまらず、グラスを摑んで、ごくごくと一気に飲み干した。

生き返った。

「美味しい水ですね。還元水とおっしゃいましたか」

「ええ。よろしければ、お代わり、なさいますか」

「いえ、何か酒を注文させて下さい。もう飲めないと思っていたんですが、なんだかまた飲みたくなりました」

そう言いながら、壁際にさりげなく置かれている、カクテルメニューと思《おぼ》しき紙片を手に取った。ふたつ折りにされた和紙を開くと、そこには、闊達《かったつ》な筆運びの毛筆でたった三行、こんな文章が書き記されている。

あなたのお悩みを立ち所に
解決してくれるカクテル
ご遠慮なくご用命のほどを

顔を上げて、俺はバーテンダーの背に声をかけた。

「この、迷いを解決してくれるというカクテルを」

悩み、の部分を勝手に、迷い、と言い替えていた。

「思い切り強いのにして下さい。そうすれば、迅速な解決も望めますよね」

俺のジョークに対して、振り返ったバーテンダーは木漏《こも》れ日のような笑みと表情を崩すことなく、答えた。

「ベースは何がよろしいでしょうか。それだけをおっしゃって下されば」

「ジンか、ウォッカか……」

「どちらになさいます」

「じゃあ、ジンでお願いしようかな」

「かしこまりました」

俺にふたたび背を向けたバーテンダーの、そのあとにつづく一連の所作は、まさに「熟練」という言葉以外に形容が思い浮かばないほど、洗練されたものだった。ひとつひとつの体の動きが一本の線のように滑《すべ》らかにつながり、なおかつ、その線はピンと張り詰めていて、指先にも、その爪先にまでも、神経が行き届いているのがわかる。彼の手にかかると、ただのレモンも、シェイカーも、見慣れたタンカレーのボトルも、何もかもが、精巧な工芸品のように見えてくる。

俺は惚けたように、見蕩《みと》れていた。こんな緻密な手さばきによって、創り出されたカクテルを飲み干せば、確かにどんな悩みでも即座に解決できるのかもしれない、などと思いながら。

「お待たせ致しました」

目の前に差し出されたカクテルグラスを持ち上げて、ひと口だけ飲んだ。きりっと強い酒だと思った。

「マティーニの一種ですか」

「シルバー・バレットと言います」

つづけて、もうひと口。

さらに、ひと口。

誘惑に抗《あらが》えなくなって、最後の一滴まで飲み切ってしまった。飲み切って、グラスをカウンターに置いた瞬間、頭蓋骨のうしろに何かが当たって、脳味噌がぐにゃりと揺らぐのがわかった。まさに、銀色の弾丸が一発、脳天にぶち込まれたかのようだ。が、決して悪い気分じゃない。

「なるほど、これはまさしく銃弾カクテルだな。それにしても、鼻にツンと残っているこの香り。なんの香りなんだろう、これは」

「フェンネルとジュニパーで、香りづけをしてございます。お気に召されましたか？　よろしければもう一杯、おつくり致しましょうか」

「ぜひ、お願いします」

二杯目も、ひと思いに飲み干した。

「よろしければ、もう一杯……」

「お願いします」

三杯目は、それまでよりも、甘い香りがした。

「よろしければこれを……これさえあれば……」

バーテンダーの声が遠く、細くなっていく。それにつれて、俺の体は軽く、薄くなっていく。紙のように薄っぺらになって、ふわっと舞い上がり、風に乗って、このままどこかへ飛んでいけそうな気さえする。

これは、今までに一度も経験したことのない、酩酊《めいてい》だ。

カウンター席に座ったまま、しばらくのあいだ、俺は目を閉じて、その酩酊を味わっていた。やがて、俺の体のなかから、俺よりもひと回りだけ小さな俺がすうっと抜け出して、光のように店の天井を透過し、夜空に昇り、そのままどこかへ飛んでいこうとしている姿が見えた。

知らなかった。

俺は、飛べるのか。

どこへ行くんだ？　おまえは。いったいどこへ。

おい、待てよ、待ってくれよ。俺を置いて、行かないでくれよ。

あわてて立ち上がると、俺は店の外へ飛び出して、空に舞い上がっている俺のあとを追いかけようとした。そうだ、俺は、あの俺のあとから、ついていけばいいんだ。おそらく、俺たちの行き先が、そこで待っている女が、俺の選ぶべき女であり、進むべき道なんだ。

俺の体も、宙に浮かび上がった。

飛ぶのは、簡単だった。両足で地面を蹴って、飛び上がったあとは、平泳ぎをする要領で、両手で空気をかき分けながら、前へ前へ、上へ上へと、進んでいくだけでよかった。俺はぐんぐん上昇し、あっという間に、俺に追いついた。あとはもう、目の前を飛んでいく小さな俺に従って、ひたすらこの虚空を泳いでゆくだけだ。

眼下に、スターライトホテルが見えてきた。

そうか、そうだったのか。おまえはやっぱり、あのホテルに行くんだな。そして今からルミ子を抱くんだな。ルミ子の体じゅうから、毛穴という毛穴から、これでもかこれでもかと悦びの涙を流させて、おまえもその涙の沼に、溺《おぼ》れるつもりなんだな。それでいいんだな? おまえはこれから一生、ルミ子という女に牛耳《ぎゅうじ》られ、支配されながら、まるで操り人形のように、生きていくんだな。

いや、違う。

そんな人生を、俺は選ばない。

前を飛んでいく俺が、うしろを振り返って言った。

「よく見てみろ。いいか、目を凝らして見るんだ」

1707号室の窓が見えた。窓越しに、キングサイズのベッドが見える。そのベッドに腰掛けて、ルミ子が携帯電話でメールを送ろうとしている。赤いマニキュアの指の動きから、その宛先が見て取れる。「会いたい、会いたい、すぐに来て」と、懇願しているその相手は、俺ではなくて――山本だった。

「見えたか」

と、俺が問うた。

「見えた」

と、俺は答えた。

「じゃあ行くぞ、いいな、ついてこいよ」

小さな俺はホテルの真上を通過して、北へ北へと進んでいった。どうやら、俺の暮らしているマンションを目指しているようだ。駅から電車に乗ると、小一時間もかかる場所にあるのに、空から行くと、ものの五分で到着することができた。

クリーム色の八階建てのマンションの、臙脂《えんじ》色をした屋根の上に舞い降りた時、俺の体はひとりの人間に戻っていた。屋上から階段を駆け降りて、五階にある自分の部屋へと向かった。軽やかな足取りで。口笛を吹きながら。

ドアをあけて、

「ただいま」

大きな声でそう言って、俺はベッドへと直行した。

「ただいま、純子。俺だよ、今、帰ったよ」

「…………」

「遅くなって、ごめんな。純子、いい子にしてたか」

「…………」

純子は、何も答えない。ただ黙って、いつもの笑顔で、包み込むようにして、俺を迎えてくれる。ああ、この笑顔だ。この笑顔に会いたかったんだ、と、俺は思う。胸を震わせて、思っている。愛しい。

俺には、この女しかいない。そうなんだ。黙って俺を愛し、許し、受け入れ、俺を迎え入れてくれる、無垢で従順な、まるで人形のような、この女しか。

シーツに身を滑り込ませて、俺は洋服を着たまま、純子の体を抱いてやる。

「冷たいね。寒かったね。寂しい思いをさせて、ごめんよ。このところずっと、仕事が忙しくて、抱いてやれなくてごめんな。さあ、俺が今から、あたためてやるからね」

俺は口づける。匂いのない、体温のない、体毛も生えていない、まるで陶器のようになめらかな、冷ややかな、肌。何度も何度も口づける。慣れ親しんだ体だ。よく軋《きし》み、よくしなう、疲れを知らない、決して老いることのない、永遠の肉体だ。こすりつける。俺の唾液を、汗を。だが、純子は、汚《よご》れない。言葉も持たず、感情も持たず、その代わりに、誰にも犯されることのない魂を宿した、聖なる存在。その背に手を回して、抱き寄せながら、俺はポケットのなかから小型の銃を取り出す。いったいどこで、いつのまに、こんなものを入手していたのか。そういえば、あの初老のバーテンダーから三杯目のカクテルを差し出された時、同時にこれを受け取ったような気がする。そうだ、そうだった。バーテンダーは言ったのだった。

「これさえあれば、あなたのお悩みを、立ち所に解決できるかと存じます」

俺はピストルを手にして、その銃口を、純子の胸に押しつける。固く尖《とが》った乳房の先端を、金属の塊で愛撫する。

純子は抵抗しない。されるがままになっている。

純子を撃つ。心臓に向けて、一発、脳に向けて、一発。銀色の銃弾を、純子は目をあけたまま、静かに受け止める。笑顔で。そうなのだ。この女は、俺に殺されても、笑顔でいられる。そういう女なんだ。銃に残っていた弾を、一発残らず、彼女の体に撃ち込む。だが、純子は死なない。痛みもない。血も涙も流さない。流れない。ただ、愛だけを垂れ流して、俺の仕打ちに耐えている。耐えることが人形の悦びなのだ。銃弾が撃ち込まれるたびに、純子は身をくねらせて、俺にしがみつく。手足をばたつかせる。奇妙な形に折り曲げて。その形が俺を欲情させる。

「うん、うん、わかってるよ。愛してるよ、純子。おまえを置いて、俺はどこへも行かないよ」

俺の悦びが頂点に達する。穴だらけになった純子の体の上で、俺は果てる。この世の者とも思えない、美しい人形のなかに、俺は精液を注ぎ込む。まるで命を吹き込もうとするかのように。

「愛してる。俺には、おまえしかいない。おまえしか、いないんだ」

やがて、壁の時計のなかから、天使が飛び出してきて、トランペットを吹きながらくるくると回り始める。十二――十三――十四――十五――いつまでも、いつまでも、回り続ける。まるで人と異形の交わりを祝福しているかのように。

闇夜のベルベット

Black Velvet

Champagne
Guinness

「谷口さぁーん。待って下さい、谷口さぁーん」

　背中から名前を呼ばれて、立ち止まり、振り向くのと同時に、総務部でアルバイトをしている女性が走り寄ってきた。息を切らしている。必死で追いかけてきてくれたのだろう。私はちょうど、社員専用の通用口から、表通りに出ようとしていたところだった。

「あの、こんなエアーメールがついさっき届いたものですから、もしかしたら、部長のご出張に必要なものかもしれないと……」

「ありがとう。わざわざすみません」

　受け取った封筒は、A４サイズの茶封筒よりもひと回り小型で、色は茶色というよりも、オレンジ色に近い。私にとっては、見慣れた封筒だった。アメリカの出版エージェントや作家から、書類や原稿やゲラが送られてくる時には決まって、この封筒が使用されているからだ。

「そのままお持ちになりますか」

今から成田空港に向かい、夕方の飛行機でニューヨークへ飛ぶ。三泊五日の短い出張なので、荷物はコンパクトな旅行鞄《かばん》とショルダーバッグだけだが、どちらもずっしりと重い。打ち合わせに必要な資料やノートパソコンのほかに、十三時間のフライトに備えて、本や雑誌も数冊、入れてある。とはいえ、受け取った封筒はさほど重くはなかった。コピー用紙に換算すれば十五枚か、せいぜい二十枚程度。原稿なら短編小説ではなくて掌編小説。書類ならアメリカ側が作成した出版契約書かそのドラフト。職業柄、そんな風に想像できた。ただ、差出人はアメリカ人ではないなと思った。なぜなら、封筒の中央には、達筆な日本語で、私の名前と部署と会社の住所が記されていたから。

「どうしようかな。ちょっと待っててね」

開封して、中身を確かめ、出張に必要なものかどうかを判断しようと思った。不要なら、彼女の手に返して、私のデスクに置いておいてもらえばいい。だが、封筒の左上と右上のすみに目をやった時、気が変わった。

そこには、差出人の名前も住所も書かれていなかった。おまけに切手も剝《は》がれていて、斜めに押された消印の波線が数本、残っているだけだ。封筒の裏にも、何も記されていない。いったい誰が、どこから、投函《とうかん》した郵便なのだろうと、疑問を抱いた。

けれど、気が変わった理由は、それだけではなかった。

――お願い。わたしを持っていって、あなたと一緒に連れていって、わたしを読んで……お願いです……。

あえて台詞《せりふ》にすれば、そんな風になるだろうか。

封筒全体から漂ってくる気配のなかに、強く私に訴えかけてくる、ただならぬ意志のようなものが感じられた。哀切、あるいは、痛切な声の響き、と言ってもいいかもしれない。明らかに、女の声だった。これは決して、珍しい経験ではない。今までに幾度も、数え切れないくらい、耳にしたことのある声だ。女に限らない。男の声のこともある。

「あ、やっぱりこれ、持っていきます。ほんとにどうもありがとう」

笑顔でそう言って、ショルダーバッグのなかに封筒をねじ込むと、私は彼女に一礼をしてから、歩き始めた。

持ち込み原稿に違いない、と、確信していた。私には「声」でわかる。

長年、出版業界で働いている私のもとへは、時折こんな風に、見知らぬ人から原稿の束が送られてくることがある。デビューはしたもののいっこうに芽の出ない作家や、作家志望の老若男女から、日本全国から、時には海外からも。ほとんどは、私の専門領域であるミステリー小説だが、稀《まれ》にそれ以外のジャンルの作品も紛れ込んでいる。しかるべき人の紹介状つきのこともあるし、パーティなどで名刺交換をした――けれど、顔も、交わした会話の内容も、すっかり忘れてしまっている――人からのこともあるし、最近では、どうやって調べたのか、私のメールアドレスに、いきなり原稿の添付ファイルを送りつけてくる人もいる。

この封筒もおそらく、そんな人たちのひとりから、届いたものなのだろうと思った。ならば、ちょうどいい。退屈しのぎに、機内で読むことにしよう。新人作家の発掘は、私の仕事の重要な一部でもある。

成田空港に着いてチェックインを済ませ、手荷物検査や出国手続きも終え、搭乗口までたどり着いて、待ち合いロビーの椅子《いす》に腰を下ろしたあと、おもむろにバッグから封筒を取り出し、丁寧に封を切り、中身を抜き取った。

紙の束を手にして、一瞬、戸惑った。原稿なのか、ぶあつい手紙なのか、即座には判別できなかったのだ。

縦書きで、冒頭には「あなたへ」と記されている。作者名は書かれていない。ワープロの印字原稿ではなくて、はっとするほど端正な手書きの文字。しかも用紙は、マンハッタンにある古いホテルのレターヘッド。そのホテルには、過去に私も何度か、滞在したことがあった。ベージュの便箋《びんせん》をぎっしりと埋め尽くしている、滴《したた》るような黒い文字。吸い寄せられて、思わず最初の数行を読んでみてから、思った。やはり、これは原稿なんだろう。「あなたへ」は、作品のタイトルなんだろう。そうとしか、思えない、と。

三枚目の半分くらいまで読み進めた時、搭乗開始のアナウンスが始まった。私は原稿を封筒に戻して、バッグのなかに収めた。

ふたたび取り出したのは、それから数時間後。

ジョン・F・ケネディ国際空港に向かって、安定した水平飛行をつづけている飛行機のなかで、私は原稿を読み始めた。時の流れが止まってしまったかのような機内の薄闇のなかで、リーディングランプのぼやけた明かりだけを頼りにして。

＊＊＊

あなたへ

マンハッタンに来ています。

久方ぶりのニューヨークシティです。

摩天楼のはざまで、わたしはひとり、大好きな人のことを想いながら、この文章を書き綴《つづ》っています。あなたは今、どこで、これを読んでいますか？　どこかへ向かうところですか？　そこは、どんな場所ですか？　静かですか？　あなたも、ひとりですか？

わたしの大好きな人は今、セントラルパークまでジョギングに出かけているところ。彼がここに戻ってきたら、ふたりでディナーを食べに行きます。今夜は、チャイナタウンにしましょうか？　それともその隣のリトルイタリーで、お洒落なイタリアン？　それとも昔よく行ったヴェトナム料理店がいいかしら？　そう、美容室の地下にある、あの小さなお店。それとも、ホテルから歩いていけるコリアン街にする？　夕食のあとはお酒？　ジャズを聴きに行く？　それともお部屋に戻って、ベッドのなかで、一卵性双生児みたいにぴったりくっついて過ごす？　楽しい遊びのつづきをしましょうか？　シーツとシーツのあいだで。

ああ、心が弾みます。うきうきしています。こんなことって、あるんですね。奇跡というのは、起こるのですね。わたしはずうっと無神論者だったのですけれど、今は、神様と天使の存在を信じたい気分です。

もう二度と会えない、どんなに捜しても、見つかりっこない、わたしのもとへは戻ってこないと思っていた彼に、こうしてふたたび巡り会えるなんて。

夢ではないのです。

現実なのです。頬をつねらずとも、振り返ってベッドを見れば、わかります。物欲しそうな女の顔にも似て、せつなく乱れたまっ白なシーツ。そこにはまだ、彼のぬくもりが、匂いが、くっきりと残っています。二匹の生き物みたいに重なり合っている枕には、ついさっきまで、わたしが顔を押しつけて流していた喜びの涙がたっぷり染み込んだまま。

何もかも、あの頃と同じです。

遠く隔たっていても、長い時の流れを経ても、決して色褪《あ》せない、それどころか、激しさを増すばかりの情熱。欲望に喉《のど》を締めつけられ、窒息死してしまいそうなほど、狂おしい愛の日々。わたしたちの十年間。それらのすべてが今、ここに戻ってきました。わたしたち、もう絶対に、別れません。わたしは絶対に離さない、彼の手を。

彼の熱い手に、初めて触れた日のことを思い出します。

何年前のことになるのでしょうか。遥か昔のことのような気もするし、つい、きのうのことのような気もします。

あれは、夫の会社が毎年四月に催している「桜の宴《うたげ》」の日でした。全面ガラス張りの窓から、川べりの満開の桜並木を見下ろすことのできる七階の大広間。日頃からお世話になっている取引先や業者の方々を招いて、和やかにくり広げられていたパーティ。その途中でおこなわれた「功労賞」の表彰式。海外事業部門で、前年度の売り上げにもっとも貢献した彼に、賞状と記念品を渡す役を務めたわたし。この日のために、京都の老舗《しにせ》であつらえた着物と帯と帯締め。

贈呈が終わったあと、写真家のリクエストに応えて、わたしたちは握手をしたのです。それが、ふたりが初めて手を握り合った瞬間でした。彼の手に、優しくふんわりと触れたわたしの手を、強く、荒々しく、握り返してきた彼。体のなかを、電流が流れていったような気がしました。

――好きです、あなたが欲しい。

――わたしも好きよ。あなたが欲しい。今すぐにでも、でも……。

――でも。

――でも、できない。わたしには無理よ。わかるでしょ。

――わからない。なぜなんだ？　どうして。

――どうしても、よ。お願い、わかって。

――僕にはわからない。わかりたくもない。

フラッシュを浴びながら、握手をしているあいだじゅう、目と目で、視線と視線で、そんな会話が交わされていました。

なんて哀しい、なんて絶望的な、愛の告白なんでしょう。どんなに好きになっても、決して結ばれることのできない、そんなことが許されるはずもない、わたしたち。それでもあなたはあきらめなかったし、わたしも、あきらめることができなかった。今にして思えば、あきらめなくて、よかった。本当によかったと思います。

惹《ひ》かれ合うようになってから二年後、彼のマンハッタン出張に合わせて、わたしはアメリカへ飛びました。折りしも、夫の妹の末娘がアメリカの大学に留学中だったので、彼女のもとを訪ねるという名目をつくって、飛び立ったのです。居ても立ってもいられないような気持ちでした。このチャンスを逃したら、この先もう二度と、こんな機会は巡ってこないだろうと思っていました。たった一度だけでいい、一夜だけでいい、彼と過ごせたら、それでわたしはこの恋を、道ならぬ恋を、すっぱりあきらめようと心に決めていたのです。

でも、あなたもきっと、よくご存知でしょう。恋する女の決意というものは、いとも簡単に翻《ひるがえ》されるもの。このホテルで、あのベッドの上で、彼と結ばれたあと、わたしは、わたしの体のなかで「彼なしでは生きていけなくなった女」が生まれたのを、感じていたのです。

　けれど、ひとたび東京に帰ってしまえば、わたしたちが人目を忍んで逢瀬《おうせ》を重ねるのは至難のわざ。いいえ、それはまったく不可能でした。夫は近々、参院選に立候補することになっており、わたしの生活には、自由な時間やプライバシーというものがほとんどないに等しかったのです。それでも、苦肉の策とはよく言ったもので、わたしたちは苦しまぎれに、こんなことを思いつきました。どちらが先に思いついて、先に言い出したのか、今となっては定かではないのですけれど、わたしたちは、固く指切りをしたのです。

　この部屋の、あのベッドの上で、裸で。

「織姫と彦星みたいに、一年に一回だけ、会うことにしましょう。ここで、このホテルで、きょうと同じ日に。いつまでつづくのかわからないけれど、つづく限り」

　その代わり、日本では、ふたりともいっさい、いかなる連絡も取り合わない。約束の確認もしない。同じ飛行機に乗ったりもしない。けれど、ここで会う。ひと晩だけ。情熱がつづく限り、この関係はつづく。ただ、ある年に、どちらかが姿を現さなかったら、それで潔く終わりにする。

「何か、のっぴきならない用件が発生して、どうしても渡米できなかった場合には」

彼がそう問うた時、わたしは迷わず答えました。

「その時にも、やはり終わりにしましょう。その出来事が潮時だったのだと思うことにして。運命を受け入れましょう。たとえそれが運命のいたずらであっても」

「わかった。少なくとも僕の方は、大丈夫だよ。おそらく僕が生きている限り、この関係はつづくだろう」

つづきました。その日から十年間、わたしたちは一年に一度だけ、ここで会って、互いの体を、貪《むさぼ》り合う時間を過ごしてきたのです。許されないことというのは、どうしてあのように、蠱惑《こわく》的なのでしょう。本当に、本当に、楽しかった。何もかも、恐ろしいほどに。ああ、このまま時間が止まってしまえばいいのにと、何度、思ったことでしょう。もうここから、このホテルのこのベッドのなかから、どこへも帰りたくない。一生ここに、ふたりきりで閉じこもっていたい、と。

そうして、十年目の十月のきょうがやってきます。その年の九月に、同時多発テロ事件が起こったばかりだったので、飛行機もホテルもがらがらで、観光客の姿もまばらでした。

「こんな時にアメリカに行くなんて無謀だよ」

と言った夫に対して、

「こんな時だからこそ、わたしが現地入りして、ニューヨーク事業所でがんばっている社員たちを励まさないと」

と説得したのです。

十回目の逢瀬です。朝から夕方まで、ただただ夢中で抱き合って、心地好く疲れ果て、寄り添ったまま、つかのまの眠りに落ちてしまって、ふっと目覚めた時、彼はわたしの隣から、この部屋から、いなくなっていたのです。忽然《こつぜん》と、姿を消してしまっていたのです。愛しい人はどこにも、いなくなっていたのです。

驚きました。ショックでした。膝から下ががくがくして、うまく歩けなかったほど。なぜなら、わたしにはそれが彼からわたしへの「さようなら」だとわかったからです。置き手紙のようなものは、ありませんでした。でも、わたしには、わかったのです。クローゼットから、わたしの愛用している黒い別珍のジャケットが消えていました。襟《えり》とポケットにレースの飾りのついた、アンティーク風の美しいジャケット。いつだったか、グリニッチヴィレッジの古着屋で見つけたと言って、彼がわたしにプレゼントしてくれたものでした。彼に会うためにニューヨークに来る時には、必ずこのジャケットを身に着けてきました。ふたりの秘密を、余すところなく知っていた上着です。

彼はいつも言っていました。

「もしも別れることになったら、僕にこのジャケットをくれないか」

「いやよ」

わたしは頭を横に振りました。

「だって、すごく気に入っているんだもの。あなたにもらったものなのに、なぜ返さないといけないの」

すると、彼は声に欲望を滲《にじ》ませて、言うのでした。わたしの体をきつく抱きしめて。

「このジャケットには、葉子の匂いがついているからね。もしも葉子に会えなくなったら、毎晩このジャケットを抱いて寝るよ」

そのジャケットがなくなっていたのです。彼は去っていったのです。わたしではなくて、ジャケットを連れて。

なす術《すべ》もなく、茫然《ぼうぜん》自失のまま、わたしは日本に帰りました。何度も、何度も、彼に連絡してみようかと思ったのですけれど、できませんでした。そんなことをすれば、未練が募るに決まっています。でも、どうしてもあきらめることができなくて、翌年も、その翌年も、渡米しました。このホテルのこの部屋で、空しく彼を待ちつづけていたのです。

十三年目、十四年目、十五年目、十六年目。

そしてゆうべは、十七年目の逢瀬の日でした。

もう、彼がここに姿を現すことはないとわかっていたけれど、ただ、思い出に会えたらそれでいいと思って、今年もわたしはひとりでこの街にやってきたのです。

一年ぶりの摩天楼です。

昼間、お天気に恵まれていたので、ふたりで訪ねたことのあるカフェや公園に行ってみようと思って、あちこち歩き回っているうちに、思いのほか遠くまで、足を延ばしてしまっていたようです。日がすっかり暮れてしまう前に、ホテルに戻りたくて、近道のつもりで、セントラルパークを通り抜けようとしたのですけれど、それが間違いのもとでした。

公園を抜け出すと、目の前にはまったく知らない街角が広がっていました。運悪く、あたり一帯で道路工事がおこなわれていて、ストリート名を示す道標が撤去されており、現在地もわかりません。方向音痴なことも災いして、案の定、道に迷ってしまい、ホテルに戻れなくなったわたしは、現在地と道をたずねようと思って、近くにあった一軒のバーに飛び込んだのです。

各階にアイアンレースの装飾の施された、細長いビルの地下に、そのバーはありました。「アイリッシュパブ」と言った方が正しいのかもしれません。

The Emerald Stray Cat

そんな名がついていました。

日本語に訳せば「エメラルドの迷い猫」でしょうか。店のロゴマークになっていた黒猫の瞳は、エメラルドグリーン。すぐあとで、バーテンダーが教えてくれたのですが、グリーンは、アイルランドの国を象徴する色なのだそうです。

ずしんと重厚なカウンターがあって、その中央には、生ビールを飲ませてくれる装置——スタウト（ギネス、ビーミッシュ、マーフィーズの三銘柄）、エール（スミスウィック、キルケニー、カフリースの三銘柄）、ラガー（ハープ、ハイネケン、カールスバーグの三銘柄）——などが勢揃《せいぞろ》い。蒼い目をしたバーテンダーの背後には、アイリッシュウイスキーの瓶がずらりと並んでいました。照明はかなり落としてあって、全体的にうす暗いのですが、お客はみんな誰かとしゃべっていて、適度ににぎやかで、陽気な空気が満ちあふれていました。だから、店のドアをあけて、なかに入った瞬間、「あたたかく迎えられた」という気がして、道に迷っていた心細さはたちまち吹き飛んでしまいました。

実は、バーにひとりで入ったのは、それが生まれて初めてだったのです。だから初めはちょっと、どきどきしていました。とはいえ、ひとりで飲んでいる人も、必ずと言っていいほど、近くの人やバーテンダーと楽しそうに会話を交わしていて、わたしもまったく「ひとりぼっちで飲んでいる」という気はしなかったのです。そうそう、これも、バーテンダーのひとりが笑いながら言っていたことなのですが「入ってくる時はひとりでも、出ていく時には誰かと一緒。これがアイルランド流なんだよ」――。

カウンターの前に腰を下ろすと、ひとまず、りんご酒を注文しました。アルコール度の低い、飲みやすいお酒です。ニューヨーク州はりんごの産地なので、収穫期のこの季節には、このお酒が美味しいのです。空腹だったので、一気に飲むと酔いが回ってしまうと思い、いわば喉を潤すようなつもりで、ちびちび飲みました。飲みながら、バーテンダーにたずねて、自分の現在地も確認できましたし、歩いて十五分ほどでホテルまで帰れそうだということもわかり、必要ならタクシーも呼んであげますと言われたので、すっかり安心したわたしは、ついでにこのお店でフィッシュ&チップスでも頼んで、夕食も済ませてしまおうと思い、近くにあったメニューに手を伸ばしました。

ふたつ折りにされていた、縦長の長方形のメニューを開くと、なかからはらりと、一枚の紙が姿を現した――まさに、姿を現したという風でした――のです。うすい紙切れだったせいでしょうか、カウンターの端から滑り落ちるようにして、わたしの膝の上に降りてきました。拾い上げると、そこには、こんな英文が印刷されていました。日本語に直すと、だいたいこんな感じになります。

あなたのたいせつな
迷い猫は見つかりましたか
それとも誰かをお探しでしょうか
あなたのお探しの人
たずね人を見つけて差し上げます
摩天楼の夢のカクテル
ぜひ一度、お試しあれ

アメリカ人の得意なジョークだということは、わかっていました。「迷い猫」

というのは、店名と掛けてあったのでしょう。要するに、この店のおすすめカクテルだったのです。

試さずにはいられませんでした。たずね人を見つけてくれるカクテル。まるでわたしのために用意されたお酒のようではないですか。もしかしたら、このバーに入って、このお酒を飲むために、わたしは道に迷ったのではないかとさえ思いました。

その時たまたま、わたしの目の前に立っていたのは、小柄な女性バーテンダーでした。年の頃、三十代後半くらいでしょうか。きりっとした表情をした、清楚《せいそ》な顔立ちの人です。金色の髪の毛をポニーテイルにまとめて、垂らすのではなくて、三つ編みにしていました。まっ白なシャツに合わせたネクタイの色が男性の黒とは違って、ショッキングピンクだったのが印象に残っています。

「摩天楼の夢のカクテルをお願いします」

注文すると、彼女は凛《りん》とした表情を崩さないまま、わたしの目をじっと見つめて、

――了解しました。

と、視線で告げたあと、きびきびと動いて、カクテルをつくってくれました。

——お待ち遠さまでした。さ、召し上がれ。あなたの想い人が見つかりますように。

やはり視線だけで、そんなメッセージを寄越しながら、彼女が目の前に差し出してくれたのは、細長いシャンパンフルートに入った、優しい黒い色をしたお酒でした。まるで、柔らかくホイップした生クリームをのせた、濃いアイス珈琲《コーヒー》のようにも見えます。こんな綺麗なカクテルがあるなんて、と、飲むよりも先に、見蕩れてしまいました。

「あの、これは、なんという……」

彼女の背中に向かって、そっと問いかけてみました。

「ブラック・ベルベットです」

振り返って、彼女は答えました。初めて笑顔を見せてくれました。アイルランドは妖精の棲《す》む国だと言われています。彼女の微笑《ほほえ》みはまさに「美の妖精」が微笑んだという風でした。

「シャンパンとギネスを同時に注いで、心持ちステアしただけです。あなたの瞳と同じ色のカクテル。素敵なお酒でしょう」

「シャンパンだったのね……」

「クリュッグのノンヴィンテージをあけました」

「わざわざ、このカクテルのために」

「そうです」

ひと口、飲んでみて、この黒いお酒がなぜ「ブラック・ベルベット」と名づけられたのか、その理由があらためて、理解できたような気がしました。生クリームみたいに見える泡がつめたい絹のように唇に当たり、同時に、黒ビールのこくと、シャンパンの清涼さがひとつに溶け合って、まさにベルベットそのもの。それはそれは、なめらかな舌触りと喉越しなのです。

「一八六一年に、ロンドンのパブで考案されたカクテルなんです。黒いお酒に、その当時、亡くなったばかりだった、ビクトリア女王の夫、アルバート公を偲んで喪に服す、という弔意をこめて」

「喪に服す……」

なぜか、彼女の言葉をくり返してしまいました。

ブラック・ベルベットとシャンパンを、かわるがわる注文して、飲みました。何杯いただいたか、覚えていません。シャンパンは、近くに座っていたお客さんにもふるまって、たいそう喜ばれました。

小一時間くらい、飲んでいたでしょうか。

カードで支払いを済ませて、店の外に出た瞬間、街の明かりがまぶしくて、少しだけ、目眩《めまい》がしました。でも決して、悪い気分ではなかったのです。むしろ、気持ちのよい目眩でした。路上にしゃがんで、目眩が去るまで待ちました。

そして、ふたたび立ち上がった時、わたしの視界の端っこを、何か黒い小さな塊《かたまり》のようなものがすうっと横切っていくのが見えたのです。

「あっ、猫」

思うよりも先に、声が出ていました。

黒い塊に見えたのは、黒猫だったのです。ショートヘアで、瞳の色はグリーン。まさに、パブのガラス窓に描かれていた絵から、飛び出してきたかのようでした。

折りしも季節は十月。通りや店先やビルの玄関のそこここに、ハロウィンのかぼちゃが飾られています。オレンジ色の飾りに見え隠れしながら、黒猫は足早に歩いていきます。目の前で、一冊の大きな絵本のページが次々に捲《めく》られてゆく。そんな錯覚を抱きながら、わたしは夢中で、追いかけました。猫はときどき立ち止まって、まるでわたしに「おいでおいで」をするかのように、まっすぐに立てたしっぽを左右に振っています。一生懸命、ついてゆきました。前のめりになりながら、駆け足になりながら。曲がり角を曲がって、横断歩道を渡って、猫のあとを、猫を見失わないようにして。どこまでも、いつまでも、どこまでも、いつまでも。猫はすべてを心得ているかのように、わたしが猫を見失いそうになると、立ち止まって、わたしが追いついてくるのを待ってくれていました。

そうやって、どれくらいのあいだ、黒猫のあとを追いかけつづけていたのでしょう。

時間の感覚は失われていましたけれど、距離としては、バーからそれほど遠くまで来たという気がしませんでした。そう、迷路のなかをぐるぐる回っているような感じだったから。やがて、ビルとビルの谷間の細い路地までたどり着いたところで、猫は夜の闇のなかに吸い込まれるかのように、姿を消してしまいました。見上げると、そこには、わたしの滞在しているホテルがありました。猫が道案内をしてくれたんだなと思いました。わたしはちょうどホテルの真裏に、立っていたのです。わたしの取っている部屋も見えました。十七階にある自分の部屋の窓を見上げたあと、路上に視線を落とした、その時でした。雲間から月の光が射し込んできて、ついさっき、猫が吸い込まれるようにして消えていった暗がりを照らし出しました。

「ああっ」

と、わたしは大きな声を上げました。いいえ、上げたつもりだったのですけれど、実際は、声にはなっていませんでした。驚きがあまりに大きくて、声が出なかったのです。

声にならない声で彼の名を呼びながら、わたしはその人影に向かって、まさに体当たりで、ぶつかっていきました。心臓が胸を突き破って、外に飛び出してしまうのではないかと思えるほど激しく、脈打っていました。

彼がいたのです。わたしの目の前に。

彼は、そこにいました。そこに、立っていました。腕に、あの黒い別珍の上着を掛けて。まるでそこで、ずっと、何年も、わたしがこうやって会いに来るのを、いいえ、わたしに発見されるのを、辛抱強く待っていたかのように。

嬉しかった。今この瞬間、誰かに命を奪われてしまっても、悔いはないと思えるほどに。幸せでした。やっと、会えました。やっと再会できました。

「会いたかった。こんなところにいたのね。わたし、毎年、毎年、ひとりでこのホテルに来て、あの部屋で、あなたのことを待っていたのよ」

「僕も会いたかった。だから毎年、ここまでは来ていた。この路地裏に立って、ここから眺めていたんだ。葉子のいる部屋を」

「毎年？」

「毎年」

ああ、それならば。

「あの日は、どうして」

いなくなったりしたの？　姿を消してしまったの？

「会うたびにつらくて、苦しくて、たまらなくなって、それならいっそのこと……でも、間違っていた。それは、間違っていた。僕はやはり、葉子からは離れられない。別れたくない。離したくない。どこへも帰さない」

彼はそう言って、わたしの体を抱きしめてくれました。口づけをしてくれました。それから、両手でわたしの肩から背中に掛けてくれたのです。黒いベルベットのジャケットを、ふんわりと。

わたしたちは手に手を取り合って、ふたりでひとつの影のようになって、部屋まで戻りました。そして、

「もう、絶対に離れない。死ぬまで離れない」

「もう、絶対に離さない。死んでも離さない」

固く固く誓い合ったのです。

「一年に一度だなんて、もういやだ。もうやめたい」

「ええ、やめましょう、そんなこと。これからはずっと一緒よ。二十四時間、三百六十五日、朝も昼も夜もぴったりとくっついて、寄り添って、双子のように仲良く暮らしましょうね」

これがきのう起こった出来事のすべてです。

わたしは今、この部屋で、彼の帰りを待っています。今か今かと。わたしが身に着けているのはもちろん、黒いジャケットだけです。

彼はもうじき、ここに戻ってくるでしょう。わたしの愛しい人。今、どのあたりを歩いているのでしょうか。ストリートから、ホテルの玄関の回転ドアに入ったところでしょうか。廊下を歩いて、エレベーターホールに向かっているのでしょうか。それとももう、エレベーターに乗ったところかしら。乗って、ボタンを押したのでしょうか。ああ、数字が見えます。17です。十七年目のこの再会は、出会ったあの日から、決まっていたのかもしれません。

わたしの話はこれで、お仕舞いです。

まとまりのない拙文を、あなたに最後まで読んでいただけただけで、わたしは果報者です。どうか、わたしの小さな物語が、わたしたちのこの秘密が、空を飛んで、無事あなたのもとへ届きますように。

思うに、秘密というものは

＊＊＊

「えっ、これで終わりなの？　つづきは」

紙の束から顔を上げると、作家は言った。私が何度も思ったこととまったく同じことを。

「ないのか」

「ないのよ、残念ながら。私も幾度、封筒のなかを確かめたことか」

「へえ、そうなんだ。これで終わりなのか。思うに、秘密というものは……そのあとに、彼女はいったい何を書こうとしていたんだろうね」

　文章が途切れたあとに、残されているのは二、三行分の空白だけ。

「ここまで書いた時、恋人が部屋に戻ってきた、ということなのかしら」

「さあ、どうだろうね。仮にこれがあなたに宛てて書かれた本物の手紙なんだとすれば、まあ、そういうこともあり得るだろうけれど、フィクションなんだとすれば、ここまで書いて、力尽きたというか、あるいは、筆を折ったということなのかな。あるいは、つづきのページを入れ忘れた？　なくしてしまった？　最後の一枚を」

「そうね、そのうちのどれかとしか、思えないわよね」

「それにしても、不思議な話だよね。いや、物語じゃなくて、手紙だと仮定した場合の現実の話の方だよ。このふたりは、二〇〇一年十月に別れて、七年後の十月に再会することになっているわけだけど、その再会の話が偶然、二〇〇八年の十月に、谷口さんのもとに届いたわけだよね？　だいたい、彼女はいつ、どこで、これを書いたんだろう？　そのこと自体が俺にはミステリーだな」

そう言って、作家はふたたび、ベージュの紙の束に視線を落とした。

彼はニューヨークシティ郊外に在住しているミステリー作家だ。彼に会って、さ来月刊行する予定の新作の細かい打ち合わせをするという仕事は、この出張の大きな目的のひとつでもある。私たちは、グランドセントラル駅の近くにあるルーズベルトホテル——私は今回、ここに滞在している——の一階のティールームで向かい合っている。

「思い当たる人物は、いないの？　これを書いた人に」

「それがいないのよ。まったく心当たりがないの。それはもう、白髪が増えそうなくらい、考えてみたんだけど」

「よかったら、この原稿、預からせてくれない？　家に持ち帰ってもう一度、精読してみたいし、レターヘッドに記されているこのホテル名に、なんだかちょっと引っかかるものがあってさ。ただ、俺の思い違いだといけないから、自分なりにきちんと調べてみたいんだ。何かわかったら、すぐに電話するよ」

彼は、作家として活躍するようになる前は、日本の新聞社のニューヨーク支社で働いていた。情報調べはお手の物だ。ニューヨーク市警にも複数の知り合いがいるという。

「ええ、お預けするわ。思う存分、リサーチしてみて」

私は彼に封筒ごと原稿を預けて、彼と別れ、次の打ち合わせ場所へと向かった。


その夜遅く、電話がかかってきた。

「わかったよ」

開口一番、彼は言った。興奮していた。早口で捲《まく》し立てた。

「二〇〇一年十月に起こった事件なんだけどね。当時は、例のテロ事件のせいで、アメリカのマスコミも日本のマスコミも手一杯だったから、まったく小さな記事しか出なかったんだけど」

そのあとにつづいた一連の話に、私は、返す言葉を失ってしまった。

「もしもし、大丈夫？　谷口さん、聞いてるか」

途中で、彼にそう問われるまで、気持ちが宙を彷徨《さまよ》っていた。どこにも着地できない、足のない幽霊のように。

彼の探し出した、いくつかの新聞と雑誌の記事に基づいて、事件の概要をまとめれば、このようになる。今から七年前の十月、ホテルの十七階の一室から転落して、死亡したふたりの日本人がいた。女性は、日本では誰もがその名を知っている化粧品会社の取締役社長のもと妻、佐伯葉子さん、七十五歳。男性は、同じ会社に勤める社員、草加部宏樹さん、三十八歳。

「そんなに年が離れていたの」

「うん、だけど、原稿との辻褄《つじつま》は合ってるんだよな。俺、何度も読み返したんだけど」

「そう言われてみれば、確かに……あそこまでして、人目を忍ばなくてはならないのは、なぜなんだろうって思ってたんだけど、年のこともあったのかもしれないね。会社も有名だし、彼女はある意味では公的な人だったとも言えるものね」

ニューヨーク市警では、当初「誤って転落しそうになっている草加部さんを、必死で助けようとした佐伯さんも力尽きて、一緒に落ちてしまった」という見解を発表した。が、その後の調べによって「別れ話か何かのもつれから、発作的に飛び降りようとしている草加部さんを、佐伯さんが必死で止めようとしていたのではないか」という見方も浮上してきたという。なぜなら、たまたま向かいのビルの窓から、事故現場を目撃していた人の証言が「ふたりは叫び声を上げて言い争い、揉《も》み合っているように見えた」という内容だったことから。

けれども、その後、これらの見方もまた、覆されることになる。その年の初めに佐伯さんは離婚していた、にもかかわらず、草加部さんにはその年の春に婚約したばかりだったフィアンセがいた、という事実が明らかになったからだ。

「つまり、あれだな。若い愛人に裏切られた佐伯さんは、十年目の逢瀬の時、ついに思い余って……」

彼の言葉を遮るようにして、私は言った。

「待って、思い出した！　私、今、思い出したわ」

何年前のことだったのか、年までは正確に思い出せないけれど、あれは、やはりビジネス出張で、私が彼女と同じホテルに予約を取っていた時のこと。空港から乗ったタクシーの運転手に法外な料金――最初の約束の五倍――をふっかけられ、困り果てて、ホテルのフロントに助けを求めたことがあった。しかしながら、ホテルの従業員から「当方ではどうすることもできません」と冷たくあしらわれ、途方に暮れていた私に、

「なんとか交渉して差し上げましょう」

そう言って、すぐ近くのソファーから立ち上がり、路上に出て、運転手を半ば叱責《しっせき》するような形で、問題を円満に解決してくれた人がいた。

上品で、知的で、優雅な身のこなしだった。威厳もあった。その気品と威厳に、おそらく運転手は圧倒されたのだろう。六十代くらいに見えた。そうだった、あの時、私は思ったのだった。こんなにも綺麗に、美しく年老いた人を初めて見た、と。感激していた。彼女は、若く見えるのでもなく、若づくりをしているのでもなく、年相応に老いて見えた。だが、その老いこそが彼女を気高く、魅力的に見せていた。

お礼を申し述べて、名刺交換をしようとした。彼女は私の名刺を受け取っただけで、自分の方からは何も差し出さなかった。彼女は言った。頰に少女のような

笑みを浮かべて、はにかみがちに。

「ようこと申します」

「あの……」

苗字は？　と、問いかけた疑問符に、彼女はそっと蓋《ふた》をするように、囁《ささや》いた。

「苗字はないの。ようこ。それだけを、覚えておいて。ね、谷口ゆかりさん」

「はい」

答えながら、可愛い人だなと思った。なんて可愛い六十代なんだろうと。でもそれきり、忘れてしまっていた。きょうまで、忙しい日常にかまけて、彼女のことを思い出すこともなかった。

電話の向こうで、作家が「なるほど」と、深くうなずくのがわかった。

「そうだったのか。会ってたんだね」

「会ってた。手紙の情熱的なイメージとは少し違うけど、でも、今にして思えば、納得できる。あのようこさんがあの話を書いたんだなって。それにあの文字」

「達筆だよね」

「そう、あんな文字を書けるのは、あの人しかいない」

受話器を握ってそう言いながら、私はせつない気持ちになっていた。胸が苦しかった。あの優美な文字を綴った葉子さんはもう、この世にはいないのだと思って。

思いながら、声に力をこめて、私は言った。

「ねえ、あの人は、たとえ別れ話を切り出されたとしても、恋人を突き落としたりできるような人じゃない。断言できるわ」

そのあとに、ふたりほぼ同時に言った。「だとしたら」——。

「心中、かもな」

「心中したのね、きっと」

草加部さんの手が死後も、一緒に落ちた佐伯さんのジャケットの腕の部分を摑《つか》んでいたという事実は、私にしてみれば、心中の証に他ならないと思えた。死んでも離さないという約束を、彼は守ったのだ。

長いため息を吐き出したあと、私は言った。

「もしも、ふたりが心中したのだとしたら、彼女はその前に、遺書として、その原稿を書いたのかもしれないわね」

言いながら、思っていた。遺書を物語として書くなんて、いかにも彼女にふさわしい行為ではないか。
最後の一文が途切れていたのは、物語と同じように、その時どこかへ出かけていた彼が部屋に戻ってきた、ということなのか。

——葉子、何を書いてたの、そんなに一生懸命。
——なんでもないの。なんでもないのよ。
——おいで、こっちに。
——あと、もう少しで書き終えられるの、待って。
——終えなくていいよ。いいから、おいで。
——待って。
——待てない。一緒に逝く前にもう一度、ここに来て。

「思うに、秘密というものは、誰かにそっと、打ち明けたくなるものなのです。……だったのかもしれないな」

　ふたりが死んだあと、部屋のデスクの上に残されていた原稿の束。封筒には、私の宛名が記されていたから、ニューヨーク市警に証拠として没収され、捜査も終わり、不要になったあと、誰かが気を利かせて投函してくれたということなのか。

「気を利かせたというよりは、担当者がずぼらで、今までずっと放ったらかしにされていたということだろうな。アメリカの公務員ならあり得ることだよ。それにしても、それがずばり、ふたりの幻の再会が描かれている七年後に届くとは。まさに、事実は小説よりも奇なり、いや、作家としては、その逆もまた真なりと言いたいけどね」

　彼の笑い声を聞きながら、私は、ふと思いついたことを口にした。

「ねえ、あなた、書いてみない？」

「何を」

「その物語をあなたの手で磨いて、小説に仕上げてくれないかしら。それが葉子さんの供養になるような気がするのよ。これもきっと、何かの縁よ。そう思わない？　彼女はきっと、秘密をなんらかの形にして、残したかったんだと思うわ。

ふたりの愛の日々を、文字にして、この世に留めておきたかったのではないかしら。だから、編集者である私を選んで送ってくれたのよ。ね、書いてあげて。愛のミステリー小説」

「愛か……苦手なテーマだけど、チャレンジしてみるかな。そうだな……まあ、考えておくよ」

　電話を切ってから、しばらくのあいだ、窓の外に広がる夜景を見つめていた。華やかな夜景ではなかったが、決して寂しげではなかった。ひとりだったが、私は決して孤独ではなかった。物語の力を感じていた。彼女の存在を、私の身の内に。ふいに、街の喧噪が遠のいて、どこからともなく、葉子さんの声が聞こえてきた。

　思うに、秘密というものは——

　秘密というものは、夜の闇にも似て、その人を包み込むものであり、その人を吸い込むものでもあるのです。その人の人生を、生命を、すっぽりと優しく。覆い尽くしてしまうのです。

　黒い柔らかいベルベットのように。

記憶のように。
死のように。

あとがき――カクテルの魔法にかかって

みなさん、バーはお好きですか。

私は大好きです。

バーへ行くときには、人数はひとりか、ふたりがいい。夫婦でも、恋人同士でも、友だち同士でもいい。でも、三人以上はいけません。女同士で賑《にぎ》やかに、など、もってのほか。

お酒は静かに飲むものです。べらべらしゃべったり、わいわい騒いだりしながら飲むなんて無粋《ぶすい》。愚痴のこぼし合い、悩み相談なども駄目。そういうのは、無知な子どもの飲み方。美しい大人の飲み方ではありません。

なんて、偉そうなことを書いていますが、実は、普段は私、滅多《めった》にバーへは行きません。行けません、と書くべきかもしれません。なぜなら私は、ニューヨーク州ウッドストック郊外に広がっている深い森のなかで暮らしているので、当然のことながら、まわりにはバーなど一軒もありませんし、バーのある町までは車で行くことになるので、帰りの運転手（夫、ということになります）を確保しない限り、飲みには行けないわけです。でも私が飲めば、彼だって飲みたくなるわけなので、これはもうどうしようもない。

だったら家で飲んでいるのか、というと、そうでもありません。五十代になってから、家にはいっさい、お酒を置かないようにしています。お酒を飲んだ翌朝は、頭がぼーっとしてしまって、いつもなら「ぱっ」と出てくる言葉や表現がなかなか出てこなくなるから。このことに気づいてからは、小説を書き始めたら、書き上げるまでは断酒、という決まりを守っています。何しろ私は、三度のごはんよりも、文章を書くこと、つまり、書く仕事を大切にしているから。

そんなわけで、私が心ゆくまでバーでお酒を飲むのは、旅先です。ウッドストックから列車で二時間ほどで行けるマンハッタン、海外旅行中、そして、日本帰国中。いずれも作品の執筆をしていない期間中ということです。

マンハッタンや谷中《やなか》（日本帰国中に滞在している町）には、行きつけのバーも何軒かあります。「ジャングルバー」「ポーチライト」「バスタブジン」――。

　遅めのランチを食べたあと、午後三時か四時くらい、開店とほぼ同時にバーに立ち寄って、好みのカクテルを一、二杯もらって、ほろ酔い気分で夕暮れ時の町をそぞろ歩く。外国でも同じようにしています。飲み過ぎて道に迷ったり、ホテルへ帰れなくなったりしても平気。カクテルの魔法にかかって、しばし別世界へ旅をするのも楽しからずや。

　この作品集『痛みを殺して』は、こんな夕暮れ時に生まれた、ちょっとミステリアスで、ちょっと怪談っぽいカクテル小説集です。

　単行本が出版されたのは二〇一〇年ですが、その前に、雑誌「問題小説」で連載をしていたのは二〇〇八年から九年にかけて。十四年も前に書いた作品を、こうして文庫の形でよみがえらせて下さった、徳間書店の文芸編集者、国田昌子さんに感謝いたします。

　私がまだ駆け出しで、海のものとも山のものともつかない、鳴かず飛ばずの小説家もどきだった頃に、書く場所を与えて下さり、一生懸命、引っ張り上げて下さった編集者、国田さんは私の恩人。日本へ戻ったとき、いつも、おいしいものを食べに連れていって下さり、おいしいお酒の味を教えて下さる、国田さん。そして、敬愛してやまない作家、小池真理子さんに私を、引き合わせて下さったのも国田さんでした。

美しい人は、何をしていても美しい。小池真理子さんと食事をご一緒したとき、小池さんのお酒の飲み方をすぐそばで拝見していて、つくづくそう思いました。あこがれの作家にこの作品集の解説を書いていただけたことは、これこそが人生最高の甘美なカクテルであり、永遠に醒めたくない、極上の酔いに他なりません。

いつか、マンハッタンか、谷中か、外国の街か、どこかのバーの片すみで、この小さな本を読んでいるあなたに会えたらうれしいな。そうしたら、私はあなたに、きりっと冷えたマティーニを奢《おご》ります。カクテルの魔法を借りれば、そんな奇跡も起こってくれるかもしれません。

いつか、この作品集の続編を書きたいと思っています。

みなさん、また会いましょう。今度は「ルイズ・バー」でね。

読んでくださって、ありがとう！

お気に入りのカクテルは、見つかりましたか？

二〇二二年五月

小手鞠るい

解説

小池真理子

作家は、刊行されて長い時間が過ぎた自作に関しては、ある種の気恥ずかしさを抱くものだ。

いわゆる「若書き」に対する照れ、と言ってもいい。その作家の（つまり自分自身の）原点が、小さな眩い宝石のようにちりばめられているはずなのに、当人はそれを見ないで、ひたすら赤面する。文章のひとつひとつ、物語の運び方、選び出したテーマそのものに至るまで、今現在の自分ならこうは書かない、とまで思ったりする。文学史に燦然と名を残す物故作家から、現在、活躍中の現役作家に至るまで、多かれ少なかれ、みんな同じ反応をする。

本書『痛みを殺して』が『問題小説』に連載されたのは、2008年から09年にかけて。単行本の刊行は2010年だった。連載時に遡って計算すると、14

年前に書かれた作品ということになる。
14年という歳月は、決して短いものではない。その間に作家は年齢を重ね、さらなる人生の深い哀しみや悦びを知る。感受性はますます研ぎ澄まされ、成熟度を増していく。当然のことながら、作風や文体、取り上げる素材そのものにも、変化が生じる。作家に限らず、表現者はみな、時とともに蛇のように脱皮していくのである。

本書の文庫化にあたり、小手鞠るいさんは、十四年の時を経て、再び自作と向き合うことになった。ここも直したい、こちらも手を加えたい、という衝動にかられたのか。それとも、過去に発表した作品は過去のままの姿で残そうと思うに至ったのか。同業者として我がことのように、あれこれ想像できて愉しい。

だが、どこからどう読んでも、どこを切り取っても、たとえ十数年前に書かれたものだったとしても、本書は小手鞠るいという作家にしか書けない作品になっている。さらに言えば、ここには小手鞠るいの原型……創作における原初の風景……がふんだんにちりばめられている。著者自身が、おそらくは気づかぬうちに繰り返し描写してきた心象風景……この先も繰り返されていくであろう世界が、ここにしっかりと息づいている。その瑞々《みずみず》しさはひとつも変わっていない。

古今東西、一人の作家は生涯をかけて、同じものを書き続けるのだと思う。同じところをぐるぐるまわり、書き、それでも満足できずに、また書く。どれほど新しい題材に挑戦しようが、冒険を試みようが、同じ回転木馬に乗り続ける。例外なく、そうなる。

本書には、小手鞠るいという作家が、かねてより愛してきた世界がそっくりそのまま描かれ、小手鞠るいの中だけにある時間が流れている。十四年前に書かれたものだと知らなければ、誰もが最新作として読むことだろう。

たとえ作家が時を経て、否応《いやおう》なく年齢を重ね、その間に百回……いや、千回、脱皮したのだとしても、核にあるものは何も変わらない。変わりようもない。

さらに言えば、昔の作品であればあるほど、その作家の本質が濃厚に漂っていることが多い。『痛みを殺して』はまさにそれである。

本書に収録された七つの短編を繋げているのは、「まいごのこねこ」（迷子の仔猫）という名のバーである。それぞれの物語の主人公は、さまざまな人生の波を受け、苦しみ、傷つきながら、たまたま目に入った、そのバーに吸いよせられるようにして中に入っていく。

気品あるバーテンダーと数人の静かな客。居心地のいい店内。カウンターの片隅に、目立たぬように置かれている二つ折りのメニュー。

そこには苦悩に喘《あえ》ぐ主人公にふさわしい「とっておきのカクテル」の名が書かれてある。迷わずそのカクテルをオーダーし、丁寧に作られ、差し出されてきた美しい飲み物を飲み干すと、そこには……という、幻想的な物語が展開される。

作者の小手鞠さんと私は、二〇〇五年、私が選考委員を務めていた島清《しませ》恋愛文学賞の選考会が終わった時に初めて顔を合わせた。その回の受賞作に決まったのが、小手鞠さんの作品『欲しいのは、あなただけ』だったからだ。

もともと詩人としてスタートを切っていた小手鞠さんの文体は、簡潔且つ奥行きがあった。描かれる恋愛の世界にも、ありふれた既視感がなく、それでいながら充分な普遍性があって惹きつけられた。長く活躍が期待できる、力のある作家が誕生した、とうれしく思った。

以来、米国在住の小手鞠さんとは、折々にメールを交換する間柄になった。小手鞠さんの作品には、成熟した大人の女性と、ファンタジックな少女性の二つが、均等に同居している。そのことは初めから強く感じていたのだが、プライベートにみせてくれる素顔も、まったくその通りで、ブレることがない。その印象は今に至るまで変わらずにある。

紡ぎだすことばには豊かな詩情があり、時にそれは童話の世界を思わせる（彼女は童話作家でもある）。まさにポエムの世界から誕生した作家だ、と思わせておきながら、一方では、大人の女性のもっているシニカルさや深い官能性、デモーニッシュな側面も隠さない。臆さずに隅々まで見せてくれる。

詩情と反俗性が一体化している、と言ったら極端にすぎるかもしれないが、私にとっての小手鞠るい作品をあえてひと言で表現するならば、それに尽きる。

多くの女性作家の作品には男性性が、そして、男性作家には女性性が覗《のぞ》き見えるものだが、小手鞠さんの場合はそうではない。詩情ゆたかな物語世界とともに感じられるのは、それとは気づかぬほどかすかに漂ってやまない悪魔性のようなものなのだ。私が好きな小手鞠るいは、そこにこそある。

米国人の夫とともに、ウッドストックの森の奥深くに居を構え、健康的な生活を営み、時代の流行や過度な情報に惑わされることなく、丹念に人間の本質を描き続けている。その姿勢は一貫していて、ほれぼれさせられる。

いつかどこかの、「迷子の仔猫」を思わせるバーで、きりりと冷えたマティーニを共に飲める日が来ることを願ってやまない。

二〇二二年　水無月

この作品は２０１０年2月徳間書店より刊行された『シーツとシーツのあいだ』を、文庫化にあたり改題・再構成し、大幅に加筆修正したものです。なお、本作品はフィクションであり実在の個人・団体などとは一切関係がありません。

徳間文庫

痛《いた》みを殺《ころ》して

2022年7月15日 初刷

著者 小手鞠《こでまり》るい

発行者 小宮英行

発行所 株式会社徳間書店

東京都品川区上大崎三―一―一 〒141―8202
目黒セントラルスクエア

電話 編集〇三(五四〇三)四三四九
販売〇四九(二九三)五五二一

振替 〇〇一四〇―〇―四四三九二

印刷
製本 大日本印刷株式会社

ISBN978-4-19-894763-7 (乱丁、落丁本はお取りかえいたします)